Heike Wendler

Mein Pfarrer ist der Beste!

Heike Wendler

Mein Pfarrer ist der Beste!

Abenteuer einer Pfarrhauskatze

benno

Bibliografische Information der Deutschen Nationalbibliothek
Die Deutsche Nationalbibliothek verzeichnet diese Publikation in der Deutschen Nationalbibliografie;
detaillierte bibliografische Daten sind im Internet über
http://dnb.d-nb.de abrufbar.

Besuchen Sie uns im Internet:
www.st-benno.de

Bildachweis:
Titelbild: © kristian sekulic/Fotolia.com
Paginierung: © .m.i.g.u.e.l./Fotolia.com
Katzen: © Bokica/Fotolia.com

ISBN 978-3-7462-2936-2

Stammerstr. 11, 04159 Leipzig
Umschlaggestaltung: Ulrike Vetter, Leipzig
Gesamtherstellung: Kontext, Lemsel (A)

WINTEREINBRUCH IM PFARRHAUS

Manche Orte zeichnen sich durch Sehenswürdigkeiten oder Naturschönheiten aus, andere durch ihre malerische Lage oder eine besondere Atmosphäre. Das Dorf Ringelreuth, in dem ich wohne, liegt mitten im Bayerischen Wald und zeichnet sich höchstens durch seine Abgelegenheit aus. Ich bin übrigens Gina, Pfarrhauskatze von Ringelreuth und ich mag meine Heimat, sehr sogar. Auf Fremde wirkt unser Ort wahrscheinlich ziemlich verschlafen, doch Ringelreuth ist ein Dorf, keine Metropole, wie Frau Löffler, die gute Seele unseres Pfarrhauses, gern betont, wenn sie unseren Ort den Zuzüglingen schmackhaft macht. Und darin ist sie richtig gut!

„Ein wahres Public-Relation-Genie, unsere Frau Löffler!", stellte dazu unser Küster fest. Den hat Pfarrer Hausmann vor zwei Jahren aus München weggelockt. Und mit diesem Michael Wollersheim haben wir richtig Glück, auch wenn er oft Ausdrücke verwendet, die ich nicht verstehe. Dass auch Frau Löffler damit ihre Schwierigkeiten hat, sehe ich an ihrer Mimik und das beruhigt mich dann immer. Trotzdem mag ich ihn sehr gern, er ist nicht nur jung, er ist auch besonders nett zu mir, was kein Kunststück ist, bin ich schließlich auch nett zu fast allen im

Ort, ganz bestimmt aber zu jedem, der seinen Fuß ins Pfarrhaus setzt. Trotzdem lieben leider nicht alle Dorfbewohner Katzen.
Unser Kantor, Hugo Bottling, zum Beispiel. Der schiebt regelmäßig eine angebliche Katzenhaarallergie vor, nur um sich nicht mit mir abgeben zu müssen! Gut, er hat viel zu tun, schon weil er neben unserer auch noch zwei weitere Gemeinden betreut, das sehe sogar ich ein, denn er ist zudem Organist und Chorleiter. Er hetzt ständig rum, mit offener Jacke, weswegen er auch oft einen leicht verschnupften Eindruck macht. Aber ist das ein Grund, mich nicht zu mögen? Ich bin vier, ich bin ein hübsches Kätzchen und habe ihm noch nie die Krallen gezeigt.
„Sei froh, dass er dir vom Leib bleibt, sonst überträgt er dir nur noch seine Bazillen und du wirst krank!", tröstete mich Frau Löffler jedes Mal, wenn ich doch ein wenig geknickt feststellte, dass dieser Mann einfach einen großen Bogen um mich machte.
„Katzenhaarallergie? Davon habe ich ja noch nie was gehört!", stellte sogar Max, mein bester Freund und seines Zeichens Bernhardiner mit festem Wohnsitz beim Wirtsehepaar Geißler, fest.
Zum meinem und Max' Glück betreiben die Geißlers ihr „Rotes Ross" genau in der Dorfmitte, gegenüber unseres Pfarrhauses. Dieses steht direkt neben unserer schönen, alten Kirche.

„Achtzehntes Jahrhundert, Gina! Die Grundmauern von St. Petrus sind über zweihundertfünfzig Jahre alt!“, hatte Pfarrer Hausmann oft voller Stolz betont und dabei leider unterschlagen, dass das Dach dieses alten Gemäuers fast so löchrig war wie ein Schweizer Käse und dass es schon im Herbst ganz schnell ziemlich kalt darin wurde.
„Mit Heizungen hatten die es damals nicht so!“, erklärte er mir. Pfarrer Hausmann erklärte mir überhaupt sehr, sehr viel. Für ihn war ich ein Geschöpf des Herrn, mit dem er ganz normal sprach. Vor allen Leuten selbstverständlich, nie hätte er etwas heimlich getan. Auch wenn ich befürchtete, dass er mich manchmal nicht so ganz verstand. Ich zumindest verstand ihn. Für mein Wohlbefinden war also gesorgt, die tierische Bespaßung verschaffte ich mir mit Max beim Herumtollen durch unseren riesigen, teilweise verwilderten Garten, und kulinarisch war Frau Löffler nicht zu schlagen.
„Eine so gute Köchin wie Sie gibt es kein zweites Mal auf dieser Welt!“, pflegte Pfarrer Hausmann immer zu sagen. Dazu muss man wissen, dass Frau Löffler, Anna Maria mit Vornamen, nicht einfach nur Köchin von Beruf ist – nein, es ist ihre Mission, alle Lebewesen in ihrer Umgebung durch kulinarische Genüsse glücklich zu machen, und sie hat Rezepte für alle Lebenslagen. Sieht oder vermutet sie irgendwo Hunger, geht ihr das Herz vor Mitleid über und sie muss zur tatkräftigen Fütterung schreiten. Kein Besucher verlässt das Pfarrhaus ohne einen kräftigen

Imbiss und im Winter füttert sie selbstverständlich auch Vögel und Wildtiere. Dass es wirklich einen Menschen gab, der genau das nicht zu schätzen wusste, hätte ich mir damals nicht träumen lassen! Doch dann kam er, der Tag, der alles veränderte.

Es war ein ganz gewöhnlicher Samstag, als Pfarrer Hausmann nicht von einem Hausbesuch zurückkam. Wieder einmal hatte er Marga Beier aufgesucht, die Vorsitzende der Katholischen Frauengemeinschaft. Sie ist eine ganz Nette, wirklich. Ihr Problem ist ihr Mann Karl, der ihr und anderen nach Kräften das Leben schwermacht. Es heißt zwar, früher soll er mal ein angesehener Mann gewesen sein, aber davon ist kaum noch etwas übrig. Ich gehe immer in Deckung, wenn er mitten in der Nacht grölend und in einer Wolke aus Alkohol und Zigarettenrauch die Dorfstraße entlangschlingert. Pfarrer Hausmann war zu ihr gefahren, um ihr seelischen Beistand zu leisten. Natürlich wussten wir, dass so etwas dauern kann, doch andererseits pflegte er die Essenszeiten immer akribisch einzuhalten, denn er wusste eine gute Mahlzeit sehr zu schätzen. Als er nicht zum Abendessen erschien, rief Frau Löffler bei Marga Beier an und die sagte, er sei schon vor einer halben Stunde bei ihr weggefahren.

Als Frau Löffler den Hörer auflegte, war sie ganz verdattert. „Vor einer halben Stunde? Dann wäre er ja quasi schon drei Mal hier vorbei gefahren!“, sinnierte sie laut und stellte den Braten wieder in die Röhre. In mir zog sich plötzlich ganz krampfartig etwas zusammen. Mein Gefühl sagte mir, dass etwas ganz Furchtbares im Gange war. Zu Recht, wie sich kurz darauf herausstellte. Man fand Pfarrer Hausmann in seinem Wagen, den er auf einem Feldweg abgestellt hatte. Offenbar hatte er die Heimfahrt unterbrochen, vielleicht weil ihm nicht gut war? Da saß er, als wäre er eingeschlafen. Die Fenster waren geöffnet und er wirkte sehr friedlich. Das weiß ich, weil alle Leute darüber sprachen. Herzinfarkt, sofort tödlich. Es war unfassbar! Für Frau Löffler, für Ringelreuth und vor allem für mich. War Pfarrer Hausmann doch mein allerliebster Mensch! Er war so selbstverständlich Teil meines Daseins wie mein getigerter Schwanz oder die goldenen Sprenkel in meinen Augen. Und niemals hätte ich gedacht, dass sich daran etwas ändern könnte.

Dann ging plötzlich alles drunter und drüber. Bürgermeister Rabenstein, der gleichzeitig auch Pfarrgemeinderatsvorsitzender war, Edwin Hallhuber, der örtliche Apotheker und Kirchenrechner sowie Diakon Heimrich gaben sich quasi die Klinke in die Hand. Ständig wurde telefoniert, mit der Diözese, dem Bistum und sonst wem noch. Der Lärmpegel im Pfarrhaus war für meine empfindlichen Katzenohren kaum auszuhalten. Auch Küster Wollersheim war fast ständig anwesend, strich mir zärtlich

über den Kopf und nahm als einziger Besucher Notiz von mir.
„Arme kleine Gina!“, tröstete er mich. „Geh zu Frau Löffler in die Küche und hol dir ein Leckerli!“, bot er an. Als ob bei ihm ständiges Rumfressen die Trauer besiegen würde. Bei mir half es nicht, auch wenn Frau Löffler mir nicht nur süße Sahne, sondern auch Thunfisch und meine Lieblingsspeise, frischen Lachs, hinstellte. Ich bekam einfach keinen Bissen runter.
„Ich kann immer fressen!“, brummte Max, als er sich über meine gesammelten Schätze hermachte. Natürlich mit meinem Einverständnis, sonst hätte er das nie gewagt. Frau Löffler lief auch so schon mit rotgeränderten Augen herum, füllte meinen Napf ständig nach und guckte immer ganz betreten, wenn ich mit dem Fressen nicht nachkam. Also kam mir Max' Fresssucht gerade recht.
Bis zur Beerdigung herrschte jedenfalls eine unglaubliche Hektik. Frau Löffler trug statt ihrer kunterbunten Twinsets plötzlich einen schwarzen Pullover, der von ihrer Rubensfigur, wie Küster Wollersheim es zu bezeichnen pflegte, nicht viel zeigte, und Fritz und Luise Geißler schlossen sogar ihr Wirtshaus für zwei Tage, im Gedenken an unseren Pfarrer.
„Unklar“, stellte ich verwundert fest, „wo doch unser Pfarrer so gern im Wirtshaus war! Ein Schnäpschen am Freitagabend zum Bierchen, glaubst du, der hätte wirklich was dagegen, wenn die Leute auf sein Wohl anstoßen?“

Max schüttelte ebenfalls verwundert den Kopf. „Nein“, knurrte er. „Sicher nicht!“

Die Beerdigung selbst war grauenhaft. Zumindest was meine Gefühlslage betrifft. Nie werde ich den Anblick vergessen, als der schwere Eichensarg in das ausgehobene Grab hinabgesenkt wurde. Max Schlabberschnauze versuchte mich zu trösten, doch das konnte er nicht. Mein Pfarrer Hausmann hatte mich aufgezogen, er war doch neben Frau Löffler das einzige menschliche Wesen, das mich von Herzen liebte! Nun fühlte ich mich wie eine Halbwaise.
Karl Beier tanzte mal wieder aus der Reihe. Ganz offensichtlich angetrunken, hielt er sich nur mühevoll auf den Beinen.
„Vielleicht nimmt ihn die Trauer so mit, dass er sich Mut antrinken musste!“, unkte Max unsinnigerweise. Manchmal ist er schon ein bisschen sehr naiv. „Der trinkt doch immer!“, murrte ich. Unmöglich fand ich das, sich ausgerechnet auf der Beerdigung meines Pfarrers so aufzuführen! Ich sollte ihm wirklich die Freundschaft kündigen, überlegte ich und beobachtete, wie Marga sich abmühte, ihren Karl so zu stützen, dass sein Zustand am wenigsten auffiel. Plötzlich tat sie mir wieder sehr leid. Sie hatte es wirklich nicht leicht mit diesem Mann!
Andere Trauergäste hatten da ganz andere Sorgen. Luise Geißler zum Beispiel. Sie ist wirklich eine patente Frau und

für Max ein tolles Frauchen, und der Tod unseres Pfarrers ging ihr – Max zufolge – auch sehr nahe. Doch statt gegen die Tränen kämpfte sie vor allem gegen die Windböen, die ihr den wagenradartigen schwarzen Hut fast vom Kopf wehten. Constanze Heimrich, unsere Pastoralreferentin, hatte das Problem nicht. Ganz Bauersfrau hatte sie sich kurzerhand ein schwarzes Tuch um den Kopf gebunden.

„Sie sieht aus, als würde sie gleich zum Schrubber greifen!", konnte ich mir eine spitze Bemerkung trotz der Trauer nicht verkneifen. Max knurrte sein gurrendes lustiges Knurren, das sich vom warnenden oder – was ganz selten vor kam – bösen Knurren deutlich unterschied.

Mein Blick wanderte weiter über die Trauergemeinde. Lissy, die eigentlich Elisabeth heißt und als Vorsitzende der Katholischen Jugendgruppe selbstverständlich an der Beisetzung teilnahm, auch wenn sie mit ihren achtzehn Jahren um diese Uhrzeit in die Schule gehörte, trug ein schwarzes Minikleid mit Spitzenverzierung. Und trotz des traurigen Anlasses entgingen mir die begehrlichen Blicke von Stefan Geißler, dem Sohn der Wirtsleute und bestem menschlichen Freund von Max, nicht. Er leitete die Messdienergruppe und hatte schon deshalb einiges mit der Lissy zu tun. Aber offenbar entdeckte er gerade auch noch andere Seiten an ihr. Ich spitzte meine Ohren, doch ich schnappte nicht eine Silbe auf. Nicht, dass ich neugierig wäre, das ganz bestimmt nicht, aber man muss doch informiert sein, als treusorgende Pfarrhauskatze!

Als alles vorbei war, kullerten auch bei mir die Tränen und ich kuschelte mich in den frisch aufgeschütteten Erdhaufen auf Pfarrer Hausmanns Grab. Erst als mir Max einen sehr nassen Stups mit der Schnauze verpasste, wurde ich auf ihn aufmerksam. Bernhardiner haben von Natur aus so einen traurigen Gesichtsausdruck, und als Max mich ansah, wäre ich am liebsten selbst gestorben, so traurig war ich. Wie sollte es nun weitergehen für mich und Frau Löffler und die Gemeinde? Fragen über Fragen, aber keine Antwort.

Nach dem unerwarteten Tod von Pfarrer Hausmann war das Gemeindeleben eine Zeitlang recht provisorisch. Auch wenn wir in Trauer lebten und unseren Pfarrer schmerzlich vermissten, so ging das Leben in der Gemeinde dennoch weiter. Eine Taufe musste verschoben und für zwei Beerdigungen und eine Hochzeit ein Ersatz gefunden werden. Küster Wollersheim telefonierte mit den Pfarrern der umliegenden Gemeinden und organisierte Ersatz, wo er nur konnte, denn das Hochzeitspaar wollte – bei aller Trauer – natürlich den Termin nicht verschieben.
„Bei dem Aufwand, den eine Hochzeit so mit sich bringt, kann ich das gut verstehen!", hörte ich Frau Löffler sagen. Sie war eben eine lebenserfahrene Frau, das behauptete zumindest immer ihre gute Freundin Marga Beier. Sie hatte Verständnis für alles und jeden. Ich dagegen bin bloß eine Katze. Mir fehlte Pfarrer Hausmann einfach

nur, nicht irgendein Pfarrer, er fehlte mir, da war ich ganz egoistisch.

Dann kam DER NEUE! Sein Name war Johannes Winter, das hatte ich so nebenbei mitbekommen, und eigentlich hatte ich mich auf ihn gefreut, denn in meiner Naivität nahm ich an, er würde nicht nur in Amt und Würden die Nachfolge des verstorbenen Pfarrers Hausmann antreten, sondern auch soweit es mich betraf. Als er dann aus dem Taxi stieg und auf das Pfarrhaus zustakste, war der Unterschied schon rein äußerlich enorm. Pfarrer Winter war groß und sehr dünn, hatte ein längliches Gesicht, schütteres hellblondes Haar und eine leise Stimme. Er sah kurz auf mich herab und ging weiter. Sonst nichts! Genauso gut hätte ich Luft für ihn sein können. Ein abscheulicher Gedanke durchzuckte mich: konnte es sein, dass er mich nicht mochte? Gab es Pfarrer, die Katzen nicht mochten? Oder sogar – wie der Bottling – eine Katzenhaarallergie hatten? Mein kleines Herz pochte ganz aufgeregt, als ich dem Neuen und Frau Löffler ins Haus folgte. Er warf mir keinen einzigen Blick mehr zu. Die ganze Gemeinde, einschließlich der Frauengemeinschaft und Messdienergruppe, war zu seiner Begrüßung erschienen, es herrschte reges Treiben – und ich stand abseits. Später am Abend kamen auch die Geißlers rüber, um den neuen Pfarrer zu begrüßen, natürlich mit Max im Schlepptau.
„Na, das ist aber ein hübscher Hund!“, wandte sich Pfar-

rer Winter ziemlich rasch an Max, strich ihm über den Kopf und ließ sich von ihm freudig anhecheln.
„Hey, krieg dich wieder ein!“, pflaumte ich Max an. Doch der reagierte gar nicht, genoss ganz offensichtlich die unerwarteten Streicheleinheiten.
„Nett ist er, der neue Pfarrer!“, stellte Max hinterher zufrieden fest, während wir unsere von Frau Löffler reichlich gefüllten Näpfe leerten.
„Mich hat er überhaupt nicht beachtet!“, beschwerte ich mich und warf Max einen bösen Blick zu. Von Freunden erwartete ich einfach, dass sie zu mir hielten!
„Ärgere dich nicht, Gina, er ist vielleicht bloß schüchtern. Oder er weiß, wie sehr du an Pfarrer Hausmann gehangen hast, und ist nun unsicher, ob du ihn magst. Du musst ihm Zeit lassen!“, riet er mir, während er sich das Maul abschleckte und Richtung Wirtshaus aufbrach. Doch so großherzig war ich nun auch wieder nicht. Der neue Pfarrer war mein Mensch! Er hatte sich um mich zu kümmern! Nicht um Max oder sonst wen! Um die Gemeinde natürlich schon noch, das war schließlich sei Job, aber sonst sollte seine Fürsorge mir gelten! Instinktiv ahnte ich aber schon an diesem Abend, dass die Probleme für mich gerade erst anfingen.
Oberflächlich betrachtet kehrte nun allmählich wieder Ordnung in das Gemeindeleben ein. Pfarrer Winter nahm sein Amt auf und war von Stund an eingespannt. Klar, so eine Gemeinde macht eine Menge Arbeit, vor allem die

Seelsorge nahm viel Raum ein, schon weil Pfarrer Winter erst einmal die ältesten Gemeindeglieder besuchten wollte. Aber auch der Religionsunterricht in den beiden Schulen und die Arbeit mit der Ministrantengruppe nahm jede Menge Zeit in Anspruch.

Eigentlich hätte jetzt also alles in Ordnung sein müssen, aber das war es nicht. Die ganze Atmosphäre im Pfarrhaus, ja in der Gemeinde, war frostiger geworden. Und dann passierte etwas, das mich wirklich erschütterte. Eines Nachmittags saß Pfarrer Winter im Arbeitszimmer. Die Tür zum Flur stand offen und zunächst beobachtete ich ihn nur, ohne dass er mich bemerkte. Nach einer Weile schob ich mich durch den Türspalt und visierte zielsicher den Diwan unter dem Fenster an. Mit einem Sprung war ich oben und streckte mich in der Mitte des Möbels aus wie immer. Der vertraute Geruch von Pfarrer Hausmann stieg mir in die Nase. Er hatte es geliebt, wenn ich auf dem Diwan lag, während er seine Predigten vorbereitete! Plötzlich knarrte der Drehstuhl und Pfarrer Winter ragte über mir auf, lang und dünn wie eine gotische Kathedrale. Er hatte die Hände in die Hüften gestemmt und sah nicht gerade freundlich auf mich herab. Zwischen seinen Augenbrauen zeigten sich zwei senkrechte Falten. „Was tust du denn hier, Katze?“, fragte er.

Ich wollte zu einer Antwort ansetzen. Vielleicht gehörte der neue Pfarrer ja zu den seltenen Exemplaren von

Mensch, die Tiere wirklich verstanden? Doch er begann schon mit seinen langen, dünnen Händen zu fuchteln. „Ksch-ksch“, machte er. Das war kein gutes Zeichen. Vorsichtshalber trat ich den Rückzug an. Dabei warf ich noch einen Blick zurück und sah, dass Pfarrer Winter mich noch immer mit funkelndem Blick anstarrte. Er kam mir nach und schloss energisch die Tür hinter mir. Dann saß ich im Flur, sehr verdattert und niedergeschlagen. Ich war von meinem Lieblingsplatz vertrieben worden, einfach so! Ich konnte es kaum fassen, was war hier im Gange?

Das war aber nicht die einzige Veränderung, die Pfarrer Winters Amtsantritt mit sich brachte. Wenige Tage später beobachtete ich vom Fensterbrett aus, wie er mit Frau Löffler am Esstisch saß. Beide schwiegen und während Frau Löffler wie immer tüchtig zulangte, stocherte Pfarrer Winter lustlos in seinem Essen herum.
„Schmeckt es Ihnen nicht?“, fragte Frau Löffler, als die Mahlzeit fast beendet war. „Sie haben ja fast nichts gegessen!“
Pfarrer Winter schlang seine langen Finger ineinander. „Gut, dass Sie das Thema von sich aus anschneiden, Frau Löffler“, begann er. „Bei allem Respekt vor Ihren Kochkünsten würde ich jedoch einfachere Mahlzeiten bevorzugen.“ Er senkte den Kopf.
Frau Löffler starrte ihn verständnislos an. „Einfachere

Mahlzeiten?", murmelte sie wie zu sich selbst. „Aber Pfarrer Hausmann –"

„Jawohl, Frau Löffler. Pfarrer Hausmann hier und Pfarrer Hausmann da!" Sein Gesicht lief rot an. „Seit ich hier in Ringelreuth bin, höre ich nur ‚Pfarrer Hausmann'! Bei allem Respekt dem Verstorbenen gegenüber muss ich doch sagen, ich bin nicht Pfarrer Hausmann!" Heftig stieß er seinen Stuhl nach hinten und warf die Serviette auf den Tisch. Ohne ein weiteres Wort verließ er das Esszimmer und knallte die Tür hinter sich zu.

Ich sprang durch das offene Fenster auf Frau Löffler zu, die noch immer wie vom Blitz getroffen am Tisch saß. Um sie so gut wie möglich zu trösten, strich ich ihr laut schnurrend um die Beine. Es schien zu wirken.

Während Pfarrer Winter das Haus Richtung Schule verließ, wo er an diesem Nachmittag Religionsunterricht gab, und Frau Löffler angespannt die Hausarbeit erledigte, überlegte ich auf einem bequemen Ast der Buche direkt vor unserem Pfarrhaus, was ich unternehmen konnte, um die ganze Situation zu entspannen. Vielleicht brauchte Pfarrer Winter nur ein bisschen Hilfe und Unterstützung, um sich in Ringelreuth einzuleben? Dann würde er schon merken, wie schön es hier war. Nur wie ihm das vermitteln? Wenn schon Menschen wie Frau Löffler ihm das nicht verdeutlichen konnten, wie dann ich, eine Katze? Zudem ging er mir aus dem Weg, wo er nur konnte. Dieser Mann mochte mich nicht, das war klar. Nur warum, das begriff ich nicht.

Die Mahlzeiten fanden jetzt immer schweigend statt. Zum Abendbrot servierte Frau Löffler ihrem Pfarrer nun, wie angeordnet, lediglich zwei Scheiben Knäckebrot mit Kräuterquark und einer Tomate sowie eine Tasse Pfefferminztee ohne Zucker. Unter diesen Umständen zog Frau Löffler es vor, in der Küche zu essen. An diesem Abend begleitete ich sie, als sie den Tisch für Pfarrer Winter im Esszimmer deckte und sprang dort aufs Fensterbrett, weil man von da aus die ideale Aussicht hatte.
Ich beobachtete, wie Stefan und Max vom Spaziergang zurückkamen. Kurz darauf erschien Lissy vor dem „Roten Ross“. Sie warf einen Blick durch die erleuchteten Fenster in die Wirtsstube und ging dann weiter, doch nach kurzer Zeit kam sie zurück und schlenderte wieder am Wirtshaus vorbei. Das hatte doch etwas zu bedeuten? Max, der alte Dummkopf, schnallte so etwas nicht, den brauchte ich erst gar nicht zu fragen. Ich drückte meine Nase an die Scheibe und starrte hinaus in die Dunkelheit. Da erschien Stefan wieder. Er zog die Haustür hinter sich ins Schloss, ging auf Lissy zu, und –
Genau in dem Moment erschien polternd Pfarrer Winter und brachte mich dadurch völlig aus dem Konzept. Ich drehte mich um, mauzte und warf Pfarrer Winter einen ärgerlichen Blick zu. Als ich wieder aus dem Fenster sah,

waren Stefan und Lissy verschwunden. Zusammen? Ärgerlich, jetzt hatte ich den entscheidenden Moment verpasst! Doch mir blieb keine Zeit, diesen Gedanken weiterzuspinnen, denn nun war Pfarrer Winter auf mich aufmerksam geworden. Er sah mich an. Ganz direkt! Ein sehr gutes Zeichen. Soweit funktionierte die Kommunikation also schon mal! Doch ich hatte mich zu früh gefreut.
„Frau Löffler!“, rief er mit kräftiger Stimme, die ganz im Gegensatz zu seinem üblichen Flüsterton stand.
Wie ein aufgeschrecktes Huhn kam Frau Löffler hereingeflattert.
„Die Katze gehört aber nicht ins Esszimmer“, fuhr er sie an und warf mir dabei einen Blick zu, als wäre ich ein lästiges Insekt.
Frau Löffler sah mich an, dann Pfarrer Winter, dann wieder mich. Ihr Gesicht nahm einen verwirrten, ratlosen Ausdruck an. Um uns allen die Peinlichkeit zu ersparen, die es bedeutet hätte, von Frau Löffler hinausgetragen zu werden, sprang ich vom Fensterbrett und ging erhobenen Hauptes auf eigenen Pfoten aus dem Raum. Leise wurde die Tür hinter mir geschlossen und da saß ich nun. Ich brauchte eine Weile, um mich zu sammeln, deshalb überhörte ich auch Frau Löffler.
„Na komm, Gina“, sagte sie und strich mir liebevoll über den Kopf. „Machen wir beide es uns in der Küche gemütlich.“
Ich folgte ihr. Es war kalt geworden im Pfarrhaus und das

in mehr als einer Hinsicht. Pfarrer Winter ordnete an, dass sein Arbeitszimmer nicht geheizt werden sollte. Er fand es im ganzen Haus viel zu warm. Daraufhin verließ Frau Löffler die Küche nur noch, wenn es nicht anders ging. Von der Zeit abgesehen, die ich draußen verbrachte, war ich ebenfalls die meiste Zeit in der Küche. Ich bin eine Katze, ich liebe es warm und kuschelig, außerdem war ich im Rest des Hauses ohnehin nicht mehr gern gelitten!

Doch es ging nicht nur mir so. Einmal in der Woche kam Ernst Heimerich ins Pfarrhaus, unser Diakon, der einen großen Bauernhof am Ortsrand von Ringelreuth bewirtschaftete. Früher kam er mindestens dreimal die Woche, um frisches Obst, Gemüse oder Salat vorbeizubringen und einen Plausch mit Pfarrer Hausmann zu halten, wenn dieser zwischen zwei Terminen schnell in der Küche vorbeikam. Heimerich versuchte natürlich ebenfalls, mit Pfarrer Winter in Kontakt zu kommen, doch es gelang ihm nicht. Nach einigen erfolglosen Versuchen reagierte er wie alle anderen: er beschränkte seine Kontakte zu ihm auf Angelegenheiten, die die Gemeinde betrafen, und ließ alles Persönliche außen vor. Letzteres fand nunmehr in der Küche bei Frau Löffler statt. Pfarrer Winter war in seiner Amtsausübung über jede Kritik erhaben. Man konnte ihm eigentlich nichts vorwerfen. Eigentlich, denn wenn es um das Zwischenmenschliche ging, waren die Defizite erheblich. Aber darum konnte ich mich nun nicht auch noch kümmern, ich hatte genug zu tun, meine Daseinsberechtigung im Pfarrhaus unter Beweis zu stellen. Und natürlich damit, den Überblick in Ringelreuth nicht zu verlieren.

RETTET TUVALU – DER NEUE LEGT LOS

Ein feiner Nebel lag über Ringelreuth und ein leichter Nieselregen durchweichte mir das Fell. Es war Sonntagmorgen, Zeit für den Gottesdienst. Fünf breite Sandsteinstufen führen vom Vorplatz zum Kirchenportal. Unter den aufgespannten Regenschirmen hatten sich ein paar Leute zu einem Schwatz vor dem Gottesdienst zusammengefunden. Dann übertönte das Läuten der Glocken die Stimmen und Hugo Bottling intonierte das Eingangslied, was das Signal zum Beenden sämtlicher Plaudereien und zum Betreten der Kirche darstellte. Die Gemeinde ließ sich auf ihren angestammten Plätzen nieder. Ich hatte mich völlig unbemerkt hineingeschlichen und verkniff mir jedes Schnurren. Eigentlich war es mir ja nicht gestattet, in der Kirche herumzustreunen, aber heute musste ich mit diesem Grundsatz brechen. Außerdem, so beruhigte ich mich selbst, streunerte ich ja nicht herum, sondern war in quasi heiliger Mission unterwegs. Um herauszufinden, wie ich unserem neuen Pfarrer das Leben hier in Ringelreuth irgendwie schmackhaft machen konnte, wollte ich ihn während der Messe erleben. Schon um mir ein wirklich umfassendes Bild von ihm machen zu können, denn wenn ich ihn allein danach

beurteilen würde, wie er mich behandelt, dann wäre er glatt durchgefallen. Während Pfarrer Hausmann in seinem Messgewand immer einen sehr gemütlichen und vertrauten Eindruck gemacht hatte, erschrak ich mich beim Anblick von Johannes Winter fast schon ein bisschen. Die Amtstracht unterstrich seinen asketischen Typus auf unschöne Weise, er wirkte noch hagerer, als er ohnehin schon war. Die Gemeinde verstummte, und alle Augen richteten sich auf den Pfarrer, der sich bereits in Positur gebracht hatte. Er setzte zum Sprechen an und ausgerechnet jetzt fing der Bottling an, die Orgel erneut in Bewegung zu setzen. Pfarrer Winter schaute ärgerlich nach oben, die Gemeinde verhielt sich taktvollerweise mucksmäuschenstill und ich registrierte leicht erschüttert, dass offenbar die Verständigung zwischen Pfarrer und Organist noch zu wünschen übrig ließ.
Doch es wurde besser! Bei den Lesungen und dem Evangelium wirkte Pfarrer Winter noch etwas steif und der ein oder andere aus der Gemeinde beobachtete ihn ein wenig misstrauisch, doch dann erlebten die Gemeinde und meine Wenigkeit eine Predigt allererster Güte, das muss ich schon zugeben. Fast schon euphorisch zitierte Pfarrer Winter die passenden Psalmen zu seinem Thema ‚Die Schönheit der Schöpfung'. Er beschrieb, wie Gott alles erschuf und appellierte an die Gemeinde, die Schöpfung des Herrn mit Liebe und Respekt zu behandeln, das auch im Alltag umzusetzen und schon den Kindern in der

Familie zu vermitteln. Mitreißend und voller Enthusiasmus warnte er dann vor den Gefahren des Klimawandels, ein Wort, das ich an diesem Tag zum ersten Mal gehört habe. Die Gemeinde jedenfalls lauschte ihm gebannt und schien von der Überzeugungskraft dieses hageren Bürschchens durchaus überrascht.

„Du hättest ihn erleben sollen!“, berichtete ich später Max, der schon aufgrund seiner Maße keine Chance hatte, jemals einen Gottesdienst heimlich belauschen zu können und der somit keine Ahnung hatte, was in einer Kirche eigentlich ablief. Ich als Pfarrhauskatze hatte schon früh zugesehen, wie ich an die nötigen Informationen kam, schließlich lebte ich im Pfarrhaus, ich musste mich im Gegensatz zu Max damit auskennen.

„Nur was er immer mit diesem ‚Klimaschutz‘ meinte, das habe ich nicht verstanden!“, gab ich abschließend und leicht mürrisch zu. „Es muss ihm aber außerordentlich wichtig sein, so oft wie er es erwähnt hat. Und der Stefan hat jedes Mal genickt, wenn dieses Wort fiel, er scheint also zu wissen, was Pfarrer Winter damit gemeint hat.“

Max schnaufte auf. „Klar, mein Stefan, der kennt sich aus!“

Kunststück, auf ‚seinen‘ Stefan ließ Max nichts kommen. Aber auch ich hatte das Gefühl, dass Stefan Geißler als einer der Wenigen wusste, wovon der Pfarrer gesprochen hatte.

„Vielleicht haben sich die anderen nur nichts anmerken

lassen!“, mutmaßte Max. „Ich glaube nicht, dass ein Pfarrer so lange von etwas redet, was keiner kennt!“
Im Gegensatz zu Max war ich mir da gar nicht so sicher, ob dieser Pfarrer nicht vielleicht sogar genau das tun würde, aber über Pfarrer Winter waren wir ja ohnehin geteilter Meinung. Allein wenn ich schon an seine Ignoranz mir gegenüber dachte, wurde ich ganz traurig. Max spürte das sofort.
„Gina, er wird dich schon noch lieb gewinnen!“, tröstete er mich prompt und schleckte mir mit seiner riesigen Zunge übers Gesicht. Ich ließ mich eine Weile von Max aufheitern, bevor ich zurück in mein Pfarrhaus schlich.

Schon von weitem hörte ich die Stimmen aus der guten Stube. Die wichtigsten Männer des Dorfes hatten sich versammelt, und Frau Löffler segelte wie eine aufgeregte Mauerschwalbe durch das Haus, bereitete Schnittchen zu und goss Getränke ein.
Ich setzte zum Sprung an und landete auf dem Fensterbrett. Dort machte ich es mir gemütlich und wollte gerade die Lage checken, als Pfarrer Winter durch die Tür trat. Offenbar war er in der Kirche noch aufgehalten worden. Zunächst verstummten die Besucher, dann erhob sich Albrecht Rabenstein, Bürgermeister von Ringelreuth und Pfarrgemeinderatsvorsitzender. „Herr Pfarrer Winter“, sagte er mit herzlichem Lächeln. „Wir sind gekommen, um Sie einzuladen.“

Pfarrer Winter lächelte verkniffen und faltete die Hände vor dem Bauch. Die Situation geriet ins Stocken.
Albrecht Rabenstein räusperte sich. „Sie sind von uns allen ganz herzlich zu unserem Stammtisch eingeladen, der jeden Mittwoch ab zwanzig Uhr im Wirtshaus stattfindet." Er lächelte und sah Pfarrer Winter fragend an.
Dieser blickte zu Boden und schien zu überlegen. „Herr Bürgermeister, meine Herren", rang er sich schließlich zu einer Antwort durch und ließ einen schnellen Blick über die Anwesenden streifen.
Edwin Hallhuber, zuverlässiger Kirchenrechner und Apotheker von Ringelreuth, zerrte an seinem Hemdkragen, als bekäme er schlecht Luft. Am anderen Ende des Sofas saß Ernst Heimerich, der Diakon. Er schien sich ebenso unwohl zu fühlen wie Hallhuber.
„Ich danke Ihnen allen für diese Einladung", sagte Pfarrer Winter und legte dann eine Pause ein. Alle Blicke waren auf ihn gerichtet. „Aber ich halte es nicht für angemessen, meine Abende im Bierdunst einer Wirtsstube zu verbringen."
Pfarrer Winter sprach so leise, dass die Anwesenden sich anstrengen mussten, ihn zu verstehen. Ich kniff die Augen zusammen und blieb aufmerksam. Bei dem Wort „Wirtsstube", das Pfarrer Winter in einer Tonlage ausgesprochen hatte, mit der er auch ‚Klärgrube' oder ‚Abwasserkanal' hätte sagen können, riss Fritz Geißler, Wirt und Vorsitzender des Kirchenvorstands, Mund und Augen auf. Bürgermeister Rabenstein stand da wie ein begossener Pudel.

Der Küster Michael Wollersheim versuchte die Situation zu retten und begann zu erklären: „Wir treffen uns einmal in der Woche in gemütlicher Runde im ‚Roten Ross', Pfarrer Winter. Und Pfarrer Hausmann war immer –"
Das war ein Schuss in den Ofen! Pfarrer Winter starrte den Küster jetzt an wie ein Insekt, das er gleich zu zertreten gedachte.
„Wenn Sie ein Anliegen haben, meine Herren", sagte er dann in schneidendem Ton, „kommen Sie bitte ins Pfarrhaus. Das ist der einzig richtige Ort, um alles zu besprechen, was die Gemeinde betrifft. Ich habe jederzeit für alle ein offenes Ohr und bin Ihnen für Anregungen sicher dankbar. Allerdings müssen Sie sich hier mit Pfefferminztee begnügen. Bier oder andere alkoholische Getränke gibt es nicht!" In der Stille, die seinen Worten folgte, hätte man eine Feder zu Boden fallen hören, so umfassend war sie. Selbst das Atmen schienen die Anwesenden eingestellt zu haben.
„Und jetzt entschuldigen Sie mich bitte, wenn Sie kein anderes Anliegen haben", sagte Pfarrer Winter nach einer Weile mit hocherhobenem Kopf. „Ich treffe mich noch mit den Ministranten." Damit ging er und schloss die Tür hinter sich.
Frau Löffler stand da und rang die Hände, während die Herren schweigend, verstimmt und sichtlich verwirrt aufbrachen. Fritz Geißler schüttelte immer wieder ungläubig den Kopf. „Pfefferminztee", murmelte er dabei ein ums

andere Mal. „Mein Wirtshaus soll kein geeigneter Ort sein, um Gemeindefragen zu besprechen? Es ist nicht zu fassen!“
Dann waren sie weg und Frau Löffler trug das Geschirr ab. Ich folgte ihr in die Küche. Es war Zeit für meinen Nachmittagsimbiss, und wie gewohnt, füllte sie eine Schale mit Trockenfutter für mich. Dann setzte sie sich mit einem Kriminalroman und einem kleinen Glas Sherry an den Küchentisch. Plötzlich ging die Tür auf. Frau Löffler hob den Kopf und starrte mit halboffenem Mund und auf der Nasenspitze balancierender Lesebrille Pfarrer Winter an, der mit wenigen Schritten an den Tisch getreten war. Mit ihm hätten wir jetzt am wenigsten gerechnet. War sein Treffen mit den Ministranten nicht im vollen Gange? Ich streckte mich und sah zwischen den beiden hin und her. Frau Löffler fragte: „Kann ich etwas für Sie tun, Herr Pfarrer?“
Pfarrer Winter trat einen Schritt näher und blickte auf das Buch, dann auf das halb geleerte Glas Sherry.
„Ich muss mich schon sehr wundern, Frau Löffler“, sagte er. „Alkohol um diese Uhrzeit!“
Frau Löffler zuckte zusammen, als sei sie geohrfeigt worden. Die beiden starrten sich an wie zwei Westernhelden, die sich duellieren wollen.
Dann schüttelte Pfarrer Winter mit einem deutlichen „Tsss, tsss“, den Kopf. „Ich sehe schon, hier wird sich noch so manches ändern müssen!“

Frau Löffler war krampfhaft um Fassung bemüht, und mir wurde ganz mulmig.
„Eigentlich wollte ich Sie bitten, für die Ministranten eine Kanne Tee zu kochen“, sagte Pfarrer Winter schließlich mit hörbar ironischem Unterton. „Aber natürlich nur, wenn es Ihnen keine allzu großen Umstände bereitet. Ich will Sie ja nicht von Ihrer ‚Lektüre‘ abhalten.“
Das Wort „Lektüre“ spuckte er aus wie einen Kirschkern und warf dem Krimi, den Frau Löffler mittlerweile auf dem Küchentisch abgelegt hatte, einen vernichtenden Blick zu. Offensichtlich hatte er für leichte Unterhaltungsliteratur nicht viel übrig. Dann drehte er sich um und verschwand. Frau Löffler erhob sich einen Moment später, um den Tee zu kochen. Dabei war sie selbst kurz vor dem Siedepunkt. Eigentlich erwartete ich jetzt einen Temperamentsausbruch von ihr. Doch sie kippte nur den Rest ihres Sherrys hinunter und verstaute den Krimi im Geschirrschrank. Als der Tee fertig war, brachte sie ihn in den Gemeinderaum, wo Pfarrer Winter mit den Ministranten saß. Ich war wohlweislich vor der Tür sitzen geblieben, von hier aus beobachtete ich, wie Frau Löffler das Tablett wortlos abstellte und Tassen verteilte und Pfarrer Winter genauso wortlos in einem Papierstapel wühlte. Selbst die Ministranten – sonst eine ziemlich ausgelassene und laute Truppe – bemerkten, dass etwas in der Luft lag, und verstummten. Wo sollte das noch hinführen?

Eine halbe Stunde später war es dann aus mit Frau Löfflers Fassung. Da saß sie am Küchentisch und weinte bittere Tränen! Die Ärmste war buchstäblich am Boden zerstört. Immer wieder rieb ich meinen Körper an ihren Beinen und schnurrte dabei so laut und intensiv, wie ich nur konnte. Doch Frau Löffler, normalerweise die Lebensfreude in Person, war untröstlich, und das wiederum machte mich sehr traurig. Die Abenddämmerung machte alles noch schlimmer, sie tauchte das Zimmer in ein diffuses Grau, was meine Stimmung zusätzlich drückte. Da nichts weiter mit mir anzufangen war, schleppte ich mich in meinen Korb. Eine ausgedehnte Nachtruhe würde meine Stimmung vielleicht wieder über den Nullpunkt hinausheben. Im Einschlafen hörte ich noch Frau Löffler die Treppe hinaufsteigen und Pfarrer Winter in seinem ungeheizten Arbeitszimmer husten. Während ich mir vorstellte, wie Frau Löffler ein paar Profispielern in den unendlichen Weiten des Internets das Fürchten lehrte – sie war eine begnadete Pokerspielerin, was außer mir beinahe niemand wusste – und ihr Kontostand dadurch erneut Auftrieb bekam, entschwebte ich ins Reich der Träume. Ich wollte mir gar nicht erst vorstellen, was unser neuer Pfarrer zu diesem Hobby sagen würde, wenn er davon wüsste!

Was mich weckte, war die Fahrradklingel von Stefan Geißler, der mit dem üblichen Radau zur Schule aufbrach. Auch Frau Löffler rumorte schon im Flur herum,

ich sah sie aus dem Augenwinkel heraus durch die Eingangstür verschwinden, wenig später wurde ihr Wagen gestartet. Es dauerte dann auch nicht mehr lange, und Pfarrer Winter kam die Treppe herunterspaziert, anders konnte man seinen langsamen, schlendernden Gang nicht bezeichnen. Er bediente sich am von Frau Löffler bereitgestellten Müsli, goss sich einen Tee ein und ging dann in sein Arbeitszimmer telefonieren. Er sprach mit jemandem vom Kirchenvorstand, der für Geld zuständig war, weil er mehr davon brauchte, so viel verstand ich. Für den Kindergarten! Ich staunte. Dass Pfarrer Winter diesen überhaupt schon besucht hatte, war mir völlig entgangen, aber so umtriebig, wie er war, und so ungeregelt, wie er seinen Tagesablauf gestaltete, konnte mir da schon mal leicht etwas entgehen. Als Frau Löffler zurückkam, stand unser Pfarrer auch schon wieder auf der Matte.
„Sie fahren mit dem Wagen zum Einkaufen?", fragte Pfarrer Winter, während Frau Löffler gerade einen Kasten mit Wasserflaschen hereintrug.
„Ja, wie soll ich das denn sonst alles herbekommen?", brummte sie wenig freundlich. Selbst eine gute Seele wie sie hat nur Nerven, ich ahnte es ja bereits.
„Also, ich fahre nur Fahrrad, Frau Löffler! Und zwar bei jedem Wetter! Wenn man sich ordentlich kleidet, ist das auch problemlos möglich! Und diese vielen Wasserflaschen sind völlig unnötig! Wir hier in Deutschland verfügen über das beste Trinkwasser weltweit. Es kommt di-

rekt aus der Leitung! Und es wird besser und strenger kontrolliert als alles, was der Handel anbietet. Es grenzt schon an Verschwendung, Wasser in Flaschen zu kaufen! Haben Sie sich jemals darüber Gedanken gemacht, welche Wege nötig sind, damit diese Wasserflaschen bei uns auf dem Tisch landen?“

Pfarrer Winter deutete auf Frau Löfflers Wasserkasten, den diese mittlerweile abgestellt hatte. Frau Löffler schüttelte verdattert den Kopf.

„Nein, Herr Pfarrer, darüber habe ich noch nie nachgedacht!“

Sie hatte ihre Höflichkeit wiedergefunden und beherrschte sich.

Pfarrer Winter fasste Frau Löfflers Worte als Einladung auf, ihr nun in aller Länge, Breite und Ausführlichkeit die Herstellungsprozesse von Mineralwasser und deren ökologische Folgen zu erklären. Ich muss gestehen, als er anfing, von Emissionen und CO_2 zu faseln, bin ich geistig ausgestiegen.

„Und deshalb möchte ich, dass Sie sich überlegen, ob es nötig ist, zum Einkaufen den Wagen zu benutzen!“, schloss Pfarrer Winter seine Rede.

„Das Auto stehenlassen? Ich dachte, Sie wollen, dass ich kein Wasser mehr kaufe?“, reagierte Frau Löffler anders, als Pfarrer Winter es sich vorgestellt hatte. Sein Gesichtsausdruck wechselte von höflich-erklärend zu genervt-erklärend.

„Frau Löffler! Was das Wasser betrifft, haben Sie mich absolut richtig verstanden! Ich habe Ihnen eben ausführlich erklärt, warum ich den Zukauf von Mineralwasser für überflüssig halte!“

Frau Löffler nickte. So weit konnten wir ihm beide noch folgen. Als Frau Löffler nichts sagte, sprach Pfarrer Winter weiter.

„Was den Wagen betrifft, sehen Sie, jeder Kilometer, den Sie mit Ihrem Auto zurücklegen, trägt zur Klimaerwärmung bei! Haben Sie schon mal etwas von Tuvalu gehört?“

Er sah Frau Löffler durchdringend an. Diese schüttelte den Kopf. Auch ich begriff nichts. Wovon redete er denn nun schon wieder? Tuvalu? War das eine Automarke oder eine Mineralwassersorte? Während ich mit meinen Gedanken kaum noch hinterherkam, redete Pfarrer Winter unbeirrt weiter.

„Tuvalu wird untergehen, Frau Löffler! Die Umsiedelung der Bewohner hat bereits begonnen! Wollen Sie mit dafür verantwortlich sein, wenn noch mehr Menschen ihre Heimat verlieren? Wir alle müssen uns für den Klimaschutz einsetzen, die Erderwärmung verhindern! Das fängt im Kleinen an! Jeder kann etwas tun!“

„Und was? Zu Fuß gehen?“, hakte Frau Löffler nach. Ihre Geduld war sichtlich am Ende.

Pfarrer Winter hatte offenbar keinen Sinn für ihren Sarkasmus, denn er nickte freudig. „Genau, Frau Löffler,

jetzt haben Sie es verstanden! Und wenn Sie darauf verzichten, so etwas", und dabei zeigte er auf den Wasserkasten, „zu kaufen, dann haben Sie auch keine solch schweren Lasten mehr zu bewegen. Und falls doch, dann können Sie ja immer noch das Fahrrad benutzen!"
„Das Fahrrad?" Frau Löffler sah aus, als hätte er von ihr verlangt, vier Mauseschwänze zu verspeisen. „Ich besitze kein Fahrrad, Herr Pfarrer! Und nur damit Sie es wissen, dieses Tuvalu oder wie immer es heißt, tut mir entsetzlich leid, aber ich werde deshalb mein Auto noch lange nicht abschaffen. Und nun entschuldigen Sie mich bitte, ich habe zu tun!"
Sie ließ ihn tatsächlich stehen! Ich war sprachlos. Pfarrer Winter übrigens auch.

Am gleichen Abend, Pfarrer Winter kam gerade von einer Sitzung zurück, überraschte er uns mit einer anderen Neuerung. Sie hieß „Energiesparlampe" und sah scheußlich aus.
„Ich möchte alle alten Glühbirnen austauschen!", verlangte Pfarrer Winter von Frau Löffler. Und die war viel zu perplex, um sich dagegen zu wehren. Gemeinsam wanderten die beiden dann durch alle Zimmer, schraubten die alten Birnen heraus und die neuen hinein. Während Frau Löffler das kommentarlos hinbekam, kam ich aus dem Staunen nicht mehr heraus: diese gedrehten und verschnörkelten neuen Birnen guckten unter allen Lam-

penschirmen vor, was wirklich scheußlich aussah. Wer erfand denn so etwas? Ganz schlimm fand ich es im Flur. Der Kronleuchter stammte aus den zwanziger Jahren, wie Pfarrer Hausmann mir einmal erklärt hatte. Damals hatte man bestimmt noch nicht mit der Erfindung solch merkwürdiger Beleuchtungsmittel gerechnet, sonst hätte man es beim Design berücksichtigen können. Frau Löffler schaute sich das Ergebnis fassungslos an und sagte gar nichts mehr. Ich verstand sehr gut, warum. Doch Pfarrer Winter war noch nicht fertig.

„Ich möchte, dass Sie künftig den Müll strickt trennen!“, forderte er. „Ich weiß, dass auch hier die gesetzlichen Regelungen eindeutig sind, aber ich habe das Gefühl, dass das hier alles sehr lax gehandhabt wird. Damit ist jetzt Schluss! Trennen Sie bitte alles streng nach Vorschrift – wir müssen dahingehend Vorbild sein für die Gemeinde! Ich kann ja schlecht im Erstkommunionsunterricht den Kindern etwas über die Schönheit von Gottes Schöpfung erzählen, die wir bewahren sollen, und mir dann vielleicht von so einem vorwitzigen Kerlchen sagen lassen, dass wir das hier mit der Mülltrennung nicht hinbekommen!“

Dazu sagte Frau Löffler dann gar nichts mehr. Und ich auch nicht, aber mich hätte der Pfarrer ohnehin nicht verstanden. Ich fragte mich lediglich, wie er darauf kam, dass irgendein vorwitziges Erstkommunionskerlchen unseren Müll unter die Lupe nahm.

„Es ist furchtbar, er lässt sich alle paar Minuten etwas Neues einfallen!“, erzählte ich später Max. „Ehe so eine Lampe hell wird, das dauert! Und dann noch die vielen verschiedenen Müllsäcke in der Küche, das wird lebensgefährlich!“
Max nickte mitfühlend und schleckte mir zärtlich übers Köpfchen.

Es war ein paar Tage später, als Luise Geißler ins Pfarrhaus kam. Das tat sie oft, allein schon, weil sie als Pfarrsekretärin arbeitete. Für diesen Posten war sie auch die absolute Idealbesetzung, vor allem weil sie als Wirtin die erste Anlaufstelle für Neuigkeiten in Ringelreuth war. Außerdem war sie in allen organisatorischen Dingen unschlagbar. Sie verschwand mit Frau Löffler in der Küche und ich flitzte hinterher. Ich bin nicht neugierig, ganz gewiss nicht, ich will nur über alles informiert sein, das ist ein Unterschied! Die beiden Damen sprachen zunächst über die Pflegebedürftigen in unserer Gemeinde und die Herrschaften, die es ins Krankenhaus verschlagen hatte. Frau Löffler hatte schon vor Jahren einen Krankenbesuchsdienst ins Leben gerufen, und meist teilten sich Frau Löffler und Frau Geißler die Besuche bei den Kranken auf, schließlich hatten beide ja noch mehr um die Ohren. Dass der Vater unseres Diakons nun vielleicht doch ins Pflegeheim musste, war allerdings eine Neuigkeit, auf die ich lieber verzichtet hätte.

Als Frau Löffler den Likör auf den Tisch stellte, heute war es Original Irish Cream, läutete sie damit den gemütlichen Teil des Beisammenseins ein. Ich streckte mich auf meinem Kissen aus und hörte zu, wie sie schon nach kurzer Zeit auf Pfarrer Winter zu sprechen kamen. Frau Löffler erzählte ihr von den Lampen, dem Essen und den Müllsäcken. Und dann, dass Pfarrer Winter verlangte, dass sie Leitungswasser trank und zu Fuß ging! Frau Geißler hörte voller Verständnis zu.

„Oh, Tuvalu! Stefan hat mir davon erzählt!“

Frau Löffler verleierte die Augen, was ich gut verstand. Jetzt fing die auch noch damit an!

„Laut Stefan geht die Insel unter, kann man sich das vorstellen?“

Nein, konnte ich mir nicht, Frau Löffler auch nicht, so wie sie guckte. Frau Geißler merkte, dass Frau Löffler damit nichts anfangen konnte und erklärte weiter. „Tuvalu ist eine Insel in der Nähe von Neuseeland. Den Menschen dort steht das Wasser buchstäblich bis zum Hals, sie werden die ersten Klimaflüchtlinge der Geschichte sein. Diese Insel verschwindet einfach von der Landkarte, ganz so, als hätte sie nie existiert. Und zwar jetzt, nicht irgendwann in einer fernen Zukunft, es hat schon angefangen!“

Nun war nicht nur ich schockiert. Auch Frau Löffler sah mitgenommen aus. Das war ja grauenhaft! Wenn ich mir vorstellte, dass unser schönes Pfarrhaus einfach im Wasser untergehen würde, du meine Güte! Tausend Fragen schossen mir durch den Kopf, ein paar davon stellte Frau Löffler.

„Aber was machen die Menschen denn dann? Wo gehen sie hin? Und warum tut keiner was dagegen?“

„Stefan sagt, dass alle Bewohner nach Neuseeland umgesiedelt werden. Doch es gibt wohl auch welche, die wollen nicht weg. Was mit denen passieren soll, weiß ich nicht. Auch nicht, warum keiner was dagegen unternimmt. Vermutlich kostet es zu viel Geld und mal ehrlich, wer kennt schon Tuvalu?“, antwortete Frau Geißler.

„Ja, aber hilft es, wenn ich in Zukunft nur noch zu Fuß gehe?“, fragte Frau Löffler konstatiert. Frau Geißler schüttelte den Kopf.

„Nicht, wenn es nicht sehr viele machen, fürchte ich!“

Meine Gedanken wanderten ab zu den armen Menschen und Tieren auf dieser Insel. Ich musste mich richtig zwingen, nicht sofort in Mitleid zu versinken. Wofür sich unser neuer Pfarrer so alles interessierte! Wie kam er nur darauf? Als ich keine Antwort darauf fand, hörte ich den beiden Frauen weiter zu.

„Ich habe da so etwas läuten hören, dass unser Johannes Winter gar nicht Pfarrer werden wollte, sondern eigentlich Philosophie studiert hat.“ Frau Geißler senkte die Stimme und ich spitzte die Ohren.

„Ach, Philosophie?“ Frau Löffler verzog das Gesicht, als wäre das etwas Unanständiges. „Ich dachte Umwelt-

schutz, Energiesparen oder Mülltrennung!“ Manchmal konnte sie ganz schön boshaft sein. Frau Geißler ließ sich nicht aus dem Konzept bringen.
„Ja, aber die Beschäftigungsmöglichkeiten sind denkbar schlecht für Philosophen und deshalb hat er umgesattelt.“
„Umgesattelt! Ach, was tun Philosophen denn so, normalerweise?“, fragte Frau Löffler.
„Na, sie sitzen in ihren Studierstuben und entwerfen irgendwelche wilden Theorien“, antwortete Frau Geißler. „So genau weiß ich das auch nicht.“
Frau Löffler winkte ab. „Das erklärt einiges!“ Sie griff nach der Flasche und schenkte noch einmal Likör nach.
Und ich dachte nach. Über Tuvalu und die Philosophen; Energiesparlampen und Müllsäcke. Und darüber, wie wir diesen Pfarrer hier in Ringelreuth heimisch werden lassen konnten.

EIN MONSTER TAUCHT AUF

Am nächsten Morgen hantierte Frau Löffler begleitet vom üblichen Geklapper und Geklirr mit ihren Küchenutensilien. Doch dieses sonst so fröhliche Geräusch wurde von ihrem leisen, mürrischen Brummen unterbrochen. Frau Löffler tobte durch die Küche und bereitete das Mittagessen für unseren Pfarrer und ein paar Schulkinder vor, die sie konsequent mitversorgte, weil die Grundschule noch keine Ganztagsbetreuung mit Mittagstisch anbot. Auch wenn die meisten Mütter mittags daheim waren, so gab es doch auch in unserem kleinen Ort einige wenige, die voll berufstätig waren. Genauer gesagt waren es vier: Frau Doktor Stadler zum Beispiel, eine überaus freundliche Ärztin, fuhr leidenschaftlich gern mit dem Rettungswagen über die Autobahn, zumindest erzählte ihr Töchterchen Sophie ständig davon. Andere Mütter, wie die von der kleinen Elisabeth, mussten mitarbeiten, da das Geld sonst nicht reichte. Und die Eltern der beiden Buben, Henning und Ronald, führten einen kleinen Handwerksbetrieb mit viel Arbeit und wenig Personal, auch sie waren dankbar dafür, sich mittags nicht auch noch um ein Essen für die Kinder kümmern zu müssen. Ursprünglich war es ja bloß als Übergangslösung gedacht gewesen, doch daraus war längst eine Dauerlösung geworden. Und zum Glück störte es Frau Löffler auch nicht, dass dieser Übergang nun schon ein paar Monate anhielt, weil die Schule eben die Ganztagsbetreuung aus finanziellen Gründen immer noch nicht anbot. Frau Löffler liebte Kinder und sie kochte für ihr Leben gern – beides miteinander zu verbinden, lag in ihrer Natur.

Aber heute ärgerte sie sich ganz offensichtlich. Obwohl meine Ohren mustergültig und denen der Menschen bei weitem überlegen waren, musste ich mich anstrengen, um aus ihrem Gemoser etwas herauszuhören. Jedes Mal, wenn sie an den großen Plastiksäcken mit Verpackungsüberbleibseln, dem Korb mit Altglas oder dem riesigen Karton, in dem der Papiermüll gesammelt werden musste, vorbeikam, warf sie den Behältnissen einen Blick zu, der Bände sprach. So gut kannte ich sie inzwischen, dass ich mir gut vorstellen konnte, wie viel lieber sie dem ganzen Plunder einen heftigen Tritt verpasst hätte.

„Blödes Zeug!“, brummte sie gerade wieder. „Umweltschutz ist ja eine feine Sache, aber ausgerechnet hier? Das Zeug steht im Weg herum und stinkt! Und so was in meiner Küche! Es sieht aus wie auf der Müllkippe! Anbauen sollte der Kerl, anstatt mir so was aufzuhalsen!“

Ich beschloss, mein Frühstück schnell herunterzuschlingen und lieber zu verschwinden. So schlecht drauf war sie noch nie. Dabei lugte unter ihrer Schürze ein grell pinkfarbenes Twinset hervor, normalerweise ein Indikator für eine ruhige und ausgeglichene Stimmungslage mit

Tendenz zur Fröhlichkeit. Doch was war eigentlich noch normal in unserem Pfarrhaus?
Ein kalter Wind pfiff um die Hausecke. Ich sah zum grauen Himmel auf und schnupperte. Ja, es würde noch schneien, auch wenn es bald März war. So zog ich mich in die warme, jedoch alles andere als gemütliche Küche zurück.
Noch vor dem Mittag kam er, der Schneesturm. Wenigstens auf meine Instinkte war noch Verlass. Zunächst wurden die dunklen Wolken so dicht, dass Frau Löffler das Licht in der Küche anschaltete, was jedoch nur einen weiteren verärgerten Monolog nach sich zog. Mit gerunzelter Stirn starrte sie Richtung Deckenlampe.
„Ich würde wirklich gern alles tun, um des Herrn Schöpfung zu schonen, aber die Erfinder könnten ihre kleinen grauen Zellen ruhig etwas mehr anstrengen! Das kann doch nun nicht des Rätsels Lösung sein! Nicht mal richtig hell wird es, Gina!“, fluchte sie, während sie mich zu sich ran zog und mir übers Köpfchen strich. Normalerweise entscheide ich ja selbst, wann ich zum Kuscheln und Schmusen aufgelegt bin, doch unter diesen Umständen machte ich gern eine Ausnahme. Seit Pfarrer Hausmann nicht mehr war, hatte ich ein ausgeprägtes Defizit an menschlicher Zuwendung. Kunststück, wo früher zwei Menschen waren, die mich regelmäßig beschmusten, war nun nur noch Frau Löffler. Und deren Stimmung änderte sich mittlerweile schneller, als sie ihre Twinsets wechseln konnte.

Während sie mir, sich langsam beruhigend, übers Köpfchen strich und ich ihr den Gefallen tat, liebevoll zu schnurren, begann draußen das Schneetreiben. Unsere Mittagszöglinge würden mit ihren Schuhen eine ganz schöne Schweinerei anrichten. Frau Löffler musste einen ähnlichen Gedanken haben, denn sie setzte mich sanft auf dem Fensterbrett ab.
„Ich werde mal ein paar Lappen besorgen!“, erklärte sie mir, nun wieder besserer Stimmung. Ich blieb am Küchenfenster sitzen und beobachtete das Naturschauspiel. Das schrille Gebimmel der Türglocke unterbrach meine Betrachtungen. Und der Krach, den die Bande verursachte. Dabei waren sie gerade mal zu viert! Aber machten einen Lärm wie eine ganze Fußballmannschaft!
„Alle Mann Schuhe aus und dann ab in die Küche!“, kommandierte Frau Löffler die Racker wie ein General seine Soldaten. Sie war den Umgang mit ihnen gewohnt und hütete sich davor, bei ihnen einen zu umgänglichen Eindruck zu erwecken.
„Sonst tanzen sie uns auf der Nase herum!“, hatte sie das früher Pfarrer Hausmann gegenüber erklärt. Dann stand plötzlich auch Pfarrer Winter in der Küche. Er sah aus wie ein Schneemann, seinen Besuch bei den frischgebackenen Eltern des kleinen Simon, der in zwei Wochen getauft werden sollte, hatte er selbst bei dem Wetter mit dem Fahrrad unternommen. Die Fahrradklammer an seinem Knöchel war ein deutlicher Hinweis. Der Mann

hatte vielleicht Nerven. Er begrüßte die Kinder ausgesprochen freundlich, die meisten kannte er ja vom Religionsunterricht in der Schule. Und ganz offensichtlich hatte er einen guten Draht zu Kindern. Wenigstens etwas, wenn er schon mit mir nicht klar kam. Er setzte sich mit an den Tisch, fragte sie nach ihrem Schulalltag aus und genehmigte sich sogar einen Teller Pasta mit Tomatensoße. Konnte er also auch anders?

„Sehr lecker, wirklich!“, lobte er. Leider beließ er es nicht dabei. „Allerdings wäre es sinnvoller, die Kinder ausgewogen zu bekochen! Nach all dem, was ich über Ihre legendären Kochkünste gehört habe, sollte es Ihnen doch keine Schwierigkeiten bereiten, Salate oder Gemüse auf den Tisch zu bringen!“

„Ich mag aber kein Gemüse!“, maulte die kleine Sophie sofort und wurde lautstark von Henning unterstützt.

„Gemüse ist doof!“, bekräftigte er und Frau Löffler musste sich ein schadenfrohes Grinsen sichtlich verkneifen. Unser Herr Pfarrer meinte es sicher gut, nur hatte er offenkundig keine Ahnung von den Essgewohnheiten unserer Dorfkinder. Liebevoll strich er der kleinen Sophie über den Kopf und erklärte ihr überaus geduldig, warum er es für besser hielte, wenn sie mehr Salat und Gemüse essen würde.

„Sieh mal, Sophie, wir Menschen sollen nicht nur gut zueinander sein, sondern auch gut zu uns selbst. Und wenn du dich gesund ernährst, dann bist du gut zu dir, verstehst du das?“

So liebevoll wie er sie ansah, hätte ich am liebsten ein lautstarkes Ja gemauzt, aber mich meinte er ja nicht. Als die Kinder im Nachbarzimmer an die Hausaufgaben gingen, blieb Pfarrer Winter noch einen Augenblick.
„Ihr Engagement ist außerordentlich bewundernswert!", lobte er Frau Löffler. „Praktizierte christliche Nächstenliebe, ja, genau so stelle ich mir die vor!" Frau Löffler war ganz verdattert.
„Die Kirchgemeinde hat offiziell beschlossen einzuspringen …", murmelte sie ihm hinterher. Doch das hörte er schon gar nicht mehr.

Während der Schneesturm draußen weiter tobte, klingelte es erneut. Frau Löffler öffnete und ließ nebst einer Ladung Schnee Marga Beier ein.
„Marga, was treibt dich denn bei dem Wetter aus dem Haus?", fragte Frau Löffler und nahm ihr den Mantel ab.
„Ich muss mit dir reden, Anna", sagte Frau Beier leise. „Ist der Pfarrer da?"
Frau Löffler deutete mit dem Kopf nach oben. „Er hat gleich noch einen Termin mit der Friedhofsverwaltung, aber wenn du zu ihm willst, sag ich ihm Bescheid."
„Nein, nein", wiegelte Marga Beier ab und beugte sich zu mir herab. „Gina, meine Süße", begrüßte sie mich und kraulte mir den Rücken. Obwohl ihre Hände ziemlich kalt waren, genoss ich es und gab dankbar Köpfchen. Sie gingen in die Küche und ich folgte ihnen. Frau

Löffler kochte Tee und stellte die Keksdose auf den Tisch. Dann unterhielten sich die beiden über den Handarbeitsbasar der Katholischen Frauengruppe, der noch vor Ostern stattfinden sollte. Ich nahm meinen Beobachtungsposten am Fenster wieder ein und meine Gedanken drifteten ab.

„Er ist wieder unterwegs", hörte ich Marga Beier wenig später sagen, als ich wieder der Unterhaltung hinter mir lauschte. „Es ist immer das gleiche Lied. Er ist auf einer seiner Sauftouren und ich weiß nicht, was los ist." Sie schluchzte leise auf. Die Fensterscheibe spiegelte das Innere der Küche und ich sah, wie Frau Löffler ihr mitfühlend eine Hand auf den Arm legte. Sie redeten von Karl Beier, Margas Ehemann, so viel war klar. Vor seinem alkoholbedingten Absturz war er einer von vier Angestellten der Gemeinde Ringelreuth und ein durchaus netter und umgänglicher Mensch gewesen. Er kümmerte sich um die Pflege der Grünanlagen, den Winterdienst und die Straßenreinigung. Und soweit man das als Außenstehender sagen konnte, hatten die beiden auch eine glückliche Ehe geführt. Doch dann hatte Karl aus irgendeinem Grund zu trinken angefangen. Im Suff hatte er einen gemeindeeigenen Lastwagen zu Schrott gefahren und ihm wurde der Führerschein entzogen. Bürgermeister Rabenstein wollte ihn sogar für den Schaden haftbar machen. Damals war es Pfarrer Hausmann gewesen, der vermittelnd eingegriffen hatte, damit Beier wenigstens seine Arbeit behielt. Doch nicht lange, denn seine alkoholbedingten Ausfälle nahmen derart zu, dass es keinen anderen Ausweg mehr gab. Doch all das hatte nicht gereicht, Beier vom Alkohol abzubringen. Dass er damit in erster Linie seiner Frau das Leben schwer machte, schien ihn nicht zu beeindrucken.

„Ich weiß einfach nicht mehr weiter, Anna“, hörte ich Frau Beier schluchzen. Sie hatte mein volles Mitgefühl. Frau Löffler holte eine fast noch volle Schachtel Pralinen und kochte Kakao. Seelenfutter für Menschen. Plötzlich öffnete sich die Tür und Pfarrer Winter trat ein. Meiner Kehle entrang sich ein raues Maunzen, als Warnung sozusagen. Er trug einen sehr großen Weidenkorb und lächelte! Hatte seine Besprechung auf dem Friedhof ihn in eine derartige Hochstimmung versetzt?

„Frau Löffler, hier habe ich etwas für sie“, sagte er und steuerte auf den Tisch zu. „Grüß Gott, Frau Beier“, bgrüßte er Marga förmlich. Dass die Arme ganz rote Augen vom Weinen hatte und noch immer schniefte, entging ihm offenbar.

Dann stellte er den Korb auf den Tisch. Ich schraubte mich in die Höhe. Was brachte er denn da an? Frau Löffler starrte verwundert vom Korb zum Pfarrer und von diesem, der selig lächelnd auf sie herabsah, wieder zurück zum Korb und dessen Inhalt. Hätten sich lebende Schlangen darin geringelt, ihr Gesichtsausdruck hätte nicht bestürzter sein können! Daneben saß mit offenem

Mund Marga Beier und sah zwischen allen dreien hin und her, der Löfflerin, dem Pfarrer und dem Korb.
„Da Sie ja so gerne stricken, meine liebe Frau Löffler", sagte der Pfarrer und strahlte regelrecht vor Freude, „wollte ich Ihnen dies hier überlassen. Sie werden bestimmt viel Spaß damit haben." Er rieb die Hände aneinander.
„Stricken?", fragte Frau Löffler fassungslos.
„Mir ist nicht entgangen, dass sie eine ganze Menge dieser hübschen Kombinationen besitzen und tragen." Er machte eine vage Handbewegung in Richtung ihres stattlichen Oberkörpers und das ihn umhüllende pinkfarbene Twinset.
Der Korb enthielt eine beachtliche Menge an Wollknäueln verschiedener Größen und Farben. Eigentlich war von Mitternachtsblau über Kanarienvogelgelb bis zum Dunkelrot einer reifen Tomate alles dabei. Außerdem diverse Stricknadeln.
„Wie nett von Ihnen", krächzte Frau Löffler, deren Gesichtsfarbe nun ebenfalls in Richtung der besagten Tomate zu changieren begann. Der Nachmittag nahm eine Wendung an, mit der selbst ich nicht gerechnet hatte.
Der Pfarrer ging, immer noch lächelnd, durch die Küche zu der von ihm initiierten Müllhalde. „Na, sehen Sie, es geht doch. Wir haben schließlich eine gewisse Verantwortung der nächsten Generation gegenüber, nicht wahr?" Wieder rieb er freudestrahlend die Hände anei-

nander und blickte zur Deckelampe auf, als würde von dort die Erleuchtung kommen. Frau Löffler folgte seinem Blick und warf ihm dann einen ebensolchen zu, allerdings keinen sehr netten. Er bekam nichts davon mit.
„Na dann“, sagte er, „viel Spaß beim Stricken. Und falls Sie Lust dazu haben, wäre ich Ihnen für ein paar gestrickte Socken durchaus dankbar. Größe 44.“ Sprach's und verschwand. Frau Löffler rollte mit den Augen und steckte sich noch eine Praline in den Mund. „Größe 44“, murmelte sie.
„Schreib's dir auf, Anna“, meinte Marga Beier trocken. „Und fang am besten gleich an.“ Die beiden sahen sich an und brachen in Gelächter aus.

Aus einer gewissen Langeweile heraus machte ich mich zum Schuppen neben dem Pfarrhaus auf. Vielleicht fände ich ja eine Maus zum Jagen.
Lautlos schob ich die angelehnte Tür auf. Dort saß Pfarrer Winter auf einem Hocker vor seinem umgedrehten Fahrrad. An einem Haken in der Decke hing eine Arbeitslampe, selbstverständlich mit einer Energiesparlampe bestückt, die ein bläuliches Licht verbreitete. Pfarrer Winter hantierte an der Fahrradkette. Wie er da so mit Schraubenschlüssel und Kettenspanner zugange war, wirkte er sehr zufrieden, fast fröhlich. Mit hoch aufgerichtetem Schwanz ging ich in gebührendem Abstand an ihm vorbei. Er warf mir einen schnellen Blick zu. „Na,

Katze“, meinte er leise und ließ das Werkzeug sinken. Ich zögerte. Sollte ich es noch einmal versuchen, freundschaftlichen Kontakt zu ihm aufzunehmen? Wir sahen uns an. Sein Körper schien sich anzuspannen. Ich sah mich um und ging dann ein paar Schritte zurück. Das schien ihn zu beruhigen. Er wandte sich wieder seinem Fahrrad zu und summte weiter. Was war nur los mit diesem Mann?

Nach dem Abendessen machte ich noch einen Rundgang, bevor ich mich auf meinen Schlafplatz verzog, einem ausrangierten Sessel im zweiten Stock, direkt vor dem Erkerfenster. Dort machte mir Frau Löffler immer ein gemütliches Nest aus zwei Kissen und einem darüber gelegten Badetuch zurecht, und durch das Fenster konnte ich beobachten, was draußen vor sich ging. Im Einschlafen hörte ich noch Frau Löffler die Treppe hinaufsteigen und Pfarrer Winter in seinem frostigen, weil ungeheizten, Arbeitszimmer husten, in dem er selbst am späten Abend noch irgendwas in den Büchern studierte, dann entschwebte ich ins Reich der Träume.
Als ich erwachte, hatte ich für einen Moment komplett die Orientierung verloren. Mein Herz raste und mein Rückenfell stand senkrecht in die Höhe.
Dann hörte ich es. Es kam von ganz oben und klang ungefähr so, als würde jemand mit einem großen Reisigbesen einen Holzboden fegen. Augenblicklich stand ich

auf den Pfoten und schlich Richtung Treppe. Das Geräusch verstummte. Ich blieb regungslos stehen und wagte kaum zu atmen. Nach einer Weile begann das Scharren erneut. Nun bekam ich es langsam mit der Angst zu tun. Dennoch nahm ich mich zusammen und schlich vorsichtig weiter. Keine Maus der Welt hätte mich hören können. Aber das Geräusch kam nicht von einer Maus, nicht einmal von hunderten von Mäusen. Ich hielt am Treppenabsatz an und überlegte. Hier im zweiten Stock lagen Frau Löfflers Wohn- und Schlafzimmer, daneben das Gästezimmer und ein Wirtschaftsraum, am Ende des Flurs das Badezimmer. Darüber befand sich nur der Dachboden. Die Räume des Pfarrers befanden sich im ersten Stock. Und das Geräusch kam eindeutig vom Dachboden. Vorsichtig erklomm ich die Treppe. Das Geräusch hörte wieder auf. Eine Art Schmatzen ertönte. Dann, nach einer undefinierbaren Zeitspanne, begann das Scharren wieder. Nun standen mir nicht mehr nur die Rückenhaare zu Berge. Mein ganzes Fell stand mir vom Körper ab. Flüchtig dachte ich, dass ich wohl aussah wie eine weiße Kugel, aber das war mir jetzt auch schon egal. Ich hatte die Dachbodentür ohne Zwischenfälle erreicht und setzte mich wie in Zeitlupe, um nur ja kein Geräusch zu verursachen, hin. In Gedanken sah ich vor mir, wie ich mich erst ganz weit nach hinten lehnen, sämtliche Muskeln anspannen und dann abspringen würde. Meine beiden Vorderpfoten würden den Türgriff treffen und mit meinem ganzen Gewicht herunterdrücken. Der Schwung der auffliegenden Tür musste ausreichen, mich halb in den Raum hineinzukatapultieren. Mit etwas Glück und dem Überraschungsmoment auf meiner Seite konnte ich – ja, was? Flüchtig dachte ich an eine Ratte. Mit der hätte ich es allemal aufgenommen. Aber das, was die scharrenden Geräusche verursachte, war sicher größer als eine Ratte, und jetzt kam es außerdem auch noch näher! Als ich von der anderen Seite der Tür Atemgeräusche wahrnahm, überfiel mich das blanke Grauen! Mein Herzschlag setzte für mindestens drei Takte aus. Keine Macht der Erde konnte von einer einfachen Pfarrhauskatze erwarten, es mit einem völlig undefinierbaren Wesen aufzunehmen! Mäuse, okay. Ratten, na ja. Aber keine Spukgestalten oder Monster! Das ging zu weit! Ich trat den Rückzug an. Von der anderen Seite der Tür ertönte ein Schnaufen. Ich nahm einen Geruch wahr, den ich nicht einordnen konnte, dazu war ich viel zu aufgeregt und verängstigt. Ich tastete mich rückwärts die Treppe hinab und war schon fast wieder halbwegs bei meinem Schlafplatz angekommen, als mir ein Missgeschick unterlief. Pfarrer Winter hatte in seinem Eifer auch die Glühbirnen im Treppenhaus und auf dem Dachboden gegen Energiesparlampen ausgetauscht und die alten Glühbirnen in einem Pappkarton deponiert. Und diesen hatte er aus unerfindlichen Gründen auf der Treppe abgestellt. Ich hatte ihn tagsüber stehen sehen, aber nun dachte ich keine Sekunde mehr daran. Als mein Hintern dagegen stieß, hielt ich ihn in meiner Verstörtheit für die Wand und drückte mich ängstlich dagegen. Der Karton rutschte weg und während ich noch verdutzt und wie angefroren stehenblieb, knallte er die Treppe hinunter. Das Klirren und Scheppern durchschnitt die Stille wie ein Donnerschlag. In wilder Panik sprang ich davon und suchte unter meinem Sessel Schutz. Allerdings konnte ich mir nicht verkneifen, den Kopf darunter hervorzustrecken. Meine Neugier war stärker als die Angst.

Als erstes flog Frau Löfflers Tür auf. Sie kam auf den Flur gestürzt und tastete nach dem Lichtschalter. Aus der geöffneten Zimmertür fiel das Flimmern des Computermonitors. Als nächstes ging unten Pfarrer Winters Tür auf. Er stand völlig im Dunklen und das würde auch noch eine Weile so bleiben, denn bis sich die Energiesparfunzeln in Betrieb setzten, dauerte es einige Zeit.

„Pfarrer Winter?" Frau Löffler irrte sichtlich verdattert durchs Treppenhaus.

Das Klatschen seiner Pantoffeln kündigte sein Herannahen an. „Was war das für ein Krach, Frau Löffler?"

Die beiden begegneten sich an der Treppe. Frau Löffler beugte sich über das Geländer und sah hinunter, der Pfarrer linste nach oben. Zwischen den beiden lagen verstreut die Glühbirnen oder was davon noch übrig war. Langsam liefen auch die neuen Energiesparlampen zur Hochform auf und legten an Leuchtkraft zu. Mit einem

„Wie konnte das nur passieren?“ stieg Pfarrer Winter vorsichtig um die Scherben herum die Treppe herauf.
Auf mich achtete niemand, ich war über jeden Verdacht erhaben, da unterhalb der menschlichen Wahrnehmungsschwelle. Ein seltsamer Ausdruck zog über Frau Löfflers Gesicht. Pfarrer Winter trug dunkelgrüne Socken in ausgetretenen Pantoffeln, eine gestreifte Hose, darüber ein T-Shirt, das bis zur Mitte seiner mageren Oberschenkel reichte, über diesem ein Sweatshirt, das in der Taille endete und mit einer riesigen grün-gelb getupften Applikation in Form eines sitzenden und grinsenden Frosches verziert war. Auf dem Kopf trug er eine geringelte Mütze. Frau Löffler stieß hinter vorgehaltener Hand ein röchelndes Geräusch aus, von dem sie und ich wussten, dass es sich dabei um ein mit aller Kraft unterdrücktes Lachen handelte. Pfarrer Winter interpretierte es allerdings völlig falsch.
„Aber meine liebe Frau Löffler“, sagte er in dem Versuch, sie zu trösten. „Das ist doch kein Grund zum Weinen.“
Aus der offenen Tür von Frau Löfflers Zimmer erklangen piepsende Computersignale. „Was sind denn das für Geräusche?“ Pfarrer Winter schaute verwirrt drein. „Ach, Sie benutzen wohl eine dieser automatischen Strickmaschinen?“, fragte er und ging an ihr vorbei auf die offene Tür zu.
Frau Löffler überwand ihre Schrecksekunde und folgte ihm, doch zu spät. Mit völlig konsterniertem Gesichtsaus-

druck starrte Pfarrer Winter auf den Computerbildschirm, wo gerade Karten verteilt wurden.
„Was tun Sie da? Und was steht da? Black Lady?“
„Das ist mein Nickname, Herr Pfarrer“, erklärte Frau Löffler.
„Sie pokern?“ Pfarrer Winter war fassungslos. Die beiden starrten sich an.
Pfarrer Winter schluckte mehrmals. „Ich weiß nicht, was ich dazu sagen soll“, meinte er dann.
„Ich bin richtig gut darin, ich gewinne“, sagte Frau Löffler fast schon trotzig und fügte erklärend hinzu: „Poker ist schließlich kein reines Glücksspiel, es hat auch sehr viel mit Taktik und Strategie zu tun.“
„Und ich dachte, Sie würden nachts stricken, wegen ihrer vielen farbenfrohen Strickkombinationen.“ Pfarrer Winter war sichtlich verdattert. So kann man sich irren, hätte ich am liebsten hinzugefügt und beobachtete die Situation weiter gespannt.
„Twinsets, Herr Pfarrer Winter“, erklärte nun Frau Löffler, die jetzt ihre Fassung wiedererlangt hatte. „Man nennt das Twinsets. Und ich will Ihnen etwas sagen. Mit einer einzigen guten Nacht am Spieltisch – am Computerspieltisch, meine ich – kann ich mir locker ein paar Twinsets kaufen!“ Sie schob sich einfach an ihm vorbei in ihr Zimmer und schloss sehr nachdrücklich die Tür.
Kopfschüttelnd kehrte Pfarrer Winter in sein Zimmer zurück.
Am nächsten Morgen, Pfarrer Winter war wegen eines

Todesfalls schon zeitig aus dem Haus gerufen worden, machte ich mich auf den Weg zu Max, um ihm alles zu erzählen.
„Ein Monster?“, fragte er, nachdem ich geendet und er eine Weile nachgedacht hatte.
Genervt verdrehte ich die Augen. „Überleg doch mal, Max“, sagte ich dann. „Es ist keine Maus. Es ist keine Ratte. Auch kein Eichhörnchen, das ja sowieso nie in ein Haus gehen würde. Also …“
„Ein Vogel?“, unterbrach er mich. „Vielleicht durch ein Dachfenster hereingeflattert und nicht mehr raus gekommen. Das kann passieren. Dann flattert er –“
Jetzt unterbrach ich ihn. „Nein! Ich weiß doch, wie sich ein Vogel anhört. Ich bin schließlich eine Katze!“
Darauf fiel ihm nichts mehr ein. „Hör mal, Max“, rückte ich mit meinem eigentlichen Anliegen heraus. „Wie wäre es denn, wenn du mal mit rüber kämst und den Dachboden beschnüffelst? Ich meine, Hunde haben doch einen unschlagbaren Geruchssinn, deshalb fällt dir vielleicht was ein, wenn du die Witterung aufnimmst.“
Max schluckte das Kompliment wie ein Stück Schinken. Wir schlichen ins Pfarrhaus und die Treppe hinauf. Frau Löffler hantierte in der Küche und nahm keine Notiz von uns. Oben angekommen, sprang ich zielsicher auf den Türgriff. Angst hatte ich keine, schließlich war Max bei mir. Mit einem heftigen Schlag prallte ich gegen die Tür. Sie war abgesperrt.

„Das kann doch nicht wahr sein!“, ärgerte ich mich und leckte mir meinen schmerzenden Bauch.
Max dachte nach. „Aber wie kommt dann ein Monster hinein, wenn abgeschlossen ist?“, fragte er nach einer Weile.
Darauf wusste ich auch keine Antwort. Ehe wir weiter über das Monster fachsimpeln konnten, wurde unten die Haustür geöffnet. „Pfarrer Winter ist da!“, johlte Max und drehte sich um. Ohne mich eines weiteren Blickes zu würdigen, trampelte er wie ein wildgewordener Elefantenbulle die Treppe hinab. Ich folgte ihm würdevoll, majestätisch und ziemlich beleidigt.
„Max, mein Guter, wo kommst du denn her?“ Pfarrer Winter, noch in Parka, Mütze und die Hose mit Fahrradklammern festgezurrt, strahlte Max an. Dieser hatte sich zu seiner vollen Größe erhoben und dem Pfarrer seine Vorderpfoten auf die Schultern gelegt. Doch das schien den gar nicht zu stören. Im Gegenteil, er tätschelte Max die Flanken. „Ja, mein guter Junge! Was für ein Prachtkerl du doch bist!“
Ich rollte mit den Augen. Max drehte den Kopf und warf mir einen Blick zu, dann löste er sich von Pfarrer Winter. „Ich weiß gar nicht, was du hast, Gina“, hechelte er. „Der Mann ist doch voll in Ordnung!“
Als hätte er es verstanden, sagte Pfarrer Winter jetzt zu Max: „Komm mit in die Küche. Wollen mal sehen, ob wir nicht ein Leckerli für dich finden.“

Mich schien er nicht einmal zu sehen. Dennoch ging ich mit. Immerhin war ich hier die Katze im Haus!

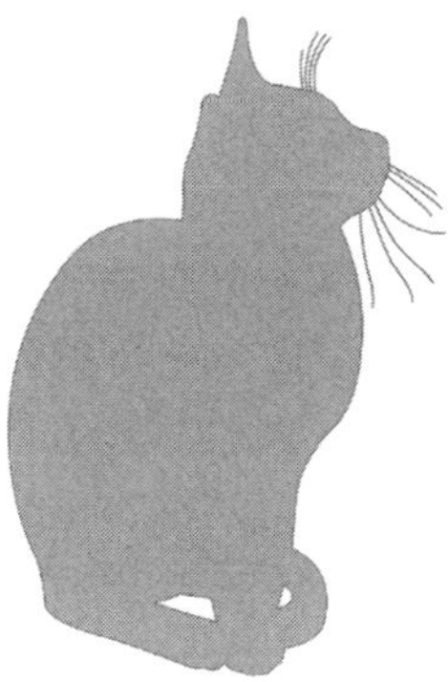

MAX UNTER VERDACHT

Während sich Pfarrer Winter allmählich in Ringelreuth einlebte und damit beschäftigt war, sich möglichst vielen Gemeindemitgliedern persönlich vorzustellen, war im Ort das allgemeine Faschingsfieber ausgebrochen.

Die Holzmasken wurden herausgekramt und Kostüme aufgebügelt oder neu besorgt. Geheimniskrämerei aller Orten. Vor allem unter den Damen brach – wie jedes Jahr – ein regelrechter Wettkampf aus. Nur wenige ließen sich davon nicht anstecken, meine Frau Löffler gehörte nicht dazu.

„Hoffentlich kommt mein Kostüm pünktlich!", jammerte sie ständig. Als der Mann von der gelben Post endlich vor der Tür stand, war ich regelrecht erleichtert. Nicht auszudenken, wenn ausgerechnet Frau Löffler in diesem Jahr ohne neues Kostüm hätte auskommen müssen!

„Ich hatte gar keine Zeit, mir was Besonderes einfallen zu lassen!", untertrieb sie Constanze Heimerich, unserer Pastoralreferentin, gegenüber maßlos. Unsere Frau Löffler hat nur wenige Schwächen, ihr Vorliebe für Strickmode war eine und vielleicht ihre latente Neigung zum nächtlichen Glücksspiel. Eine dritte: bei gewissen Anlässen die eigenen Anstrengungen herunterzuspielen. Ich hatte ihr

Kostüm gesehen: ein Traum aus grünem Brokat und schwarzem Samt.
„Als Hexe bin ich unschlagbar!“, zwinkerte sie mir zu. Statt einer Holzmaske hatte sie sich für ein passendes Stück aus schwarzem Samt entschieden, das an einem hübschen goldenen Stöckchen befestigt war. Dafür, und da hätte ich mein Frühstück verwettet, würde sie garantiert wieder den Preis für das beste Kostüm abstauben, so wie immer.

Doch vor das Vergnügen hat Gott die Arbeit gesetzt, deshalb musste Frau Löffler sich auch tüchtig mit den Vorbereitungen ins Zeug legen. Insbesondere die Krapfenproduktion lag in ihren Händen, die Geißlers verließen sich da voll und ganz auf sie. Frau Löffler funktionierte die Pfarrhausküche kurzerhand in eine Krapfenbackstube um und legte los. Unser Pfarrer Winter bekam von all dem natürlich nichts mit, wie denn auch, bei den vielen Dingen, die er so um die Ohren hatte. Er stürzte sich mit Feuereifer in die Gemeindearbeit, machte Hausbesuche, besonders bei den älteren und kranken Leuten. Das brachte ihm zwar den Ruf ein, tüchtig zu sein, seine Beliebtheitswerte stiegen dadurch allerdings nicht unbedingt. Obwohl sogar Wollersheim ihn lobte.
„Also die Hallingers waren nach der Beerdigung vom Alois letzte Woche sehr zufrieden!“, erzählte er Frau Löffler und stibitzte sich vorwitzig einen Krapfen. „Dabei hat-

ten die tüchtig Bedenken. Schön reden kann er ja, unser Pfarrer, wenngleich der Rest ..." Michael Wollersheim ließ das lieber offen und Frau Löffler warf ihm einen wissenden Blick zu. Und auch ich verstand. Natürlich, schließlich bin ich nicht doof.

Doch dann, völlig ungeahnt, entpuppte sich mitten in den ganzen Faschingsvorbereitungen Pfarrer Winter doch wieder als Störfaktor.
„Ich habe hier einen Speiseplan ausgearbeitet, nachdem Sie unsere vier Mittagskinder bekochen können!", mischte er sich doch tatsächlich ungefragt in Frau Löfflers ureigensten Aufgabenbereich ein. Der Mann hatte so viel um die Ohren, warum musste er sich eigentlich damit auch noch befassen? Nicht nur ich war irritiert, ich bekam schließlich alles brühwarm mit, sondern auch Frau Löffler. Die bewahrte jedoch die Fassung, alle Achtung.
„Fischfilet mit Pfannengemüse und Ofenkartoffeln? Ohne Fett gebraten?", las sie vor und sah ihn fragend an.
„Das ist wesentlich gesünder als Nudeln mit fetter Käsesoße!", parierte der Pfarrer. Ich schaute von einem zum anderen. Sie sahen aus, als würden sie sich jeden Moment wie zwei wütende Musketiere duellieren. Frau Löffler griff sogar schon nach dem Kochlöffel, doch bevor ich mir ernsthaft Sorgen machen musste, legte sie ihn wieder zur Seite.
„Herr Pfarrer!", begehrte sie erneut auf. „Wenn Sie da-

rauf bestehen, koche ich, was Sie von mir verlangen. Nur bringen Sie die Kinder dazu, das auch zu essen!"

Hatte er den Einwand von Sophie vergessen? Manchmal dachte ich, unser neuer Pfarrer habe ein Problem mit seinem Erinnerungsvermögen. Alles musste man ihm mehrfach sagen und selbst dann verstand er es nicht. Oder er wollte es nicht verstehen, ging mir in dem Moment ein ganzer Kronleuchter auf. Vielleicht dachte er, wenn er es nur oft genug versuchte, würde der Widerstand automatisch kleiner?

„Gut, dann rufen Sie mich, ich rede mit den Kindern! Aber vielleicht haben Sie ja selbst einen besseren Einfall, wie man ihnen gesünderes Essen schmackhaft machen könnte? Wenigstens so nach und nach!"

„Quarkspeise statt Vanillepudding?", machte Frau Löffler ein Friedensangebot. Pfarrer Winter drehte sich, obwohl schon an der Tür und im Begriff die Küche zu verlassen, um.

„Ja, zum Beispiel. Das wäre immerhin ein Anfang!"

„Na schön!", grummelte Frau Löffler, als der Pfarrer nun freudestrahlend die Küche verlassen hatte. „Dann gibt es Nudeln mit Käsesoße und als Kompott statt Vanillepudding eben Quarkspeise!"

Ich konnte über Frau Löffler nur staunen. Das musste man erst mal hinkriegen: den Pfarrer als Sieger in Sicherheit zu wiegen und trotzdem seinen Willen durchsetzen.

Leider hielt ihr Hochgefühl nicht über Nacht an. „Dieser elende Verpackungsschrott“, brummelte sie am Mittwochmorgen. Kopfschüttelnd schob sie die Behältnisse von einer Ecke in die andere, wobei sie die Ärmel ihrer hellblauen Twinsetjacke hochschob. Während ich Frau Löffler ihrem Ärger überließ, machte ich es mir auf meinem Beobachtungsposten auf dem Fensterbrett gemütlich. Das Klingeln des Telefons riss mich aus meinen Gedanken. Frau Löffler war mit einem Sprung auf dem Weg zum Hörer und stolperte prompt über einen gelben Müllsack.

„Auch so eine Sache“, brummte sie vor sich hin. „Wir könnten schon längst ein Schnurlostelefon mit mindestens vier Mobilteilen haben, aber nein! Statt praktischer Gemütlichkeit steht ja neuerdings hier einzig der Umweltschutz im Vordergrund!“

Ich wusste, was sie meinte. Als sie die Anschaffung eines neuen Telefons vorgeschlagen hatte, bestand Pfarrer Winters Reaktion aus einem Vortrag über Elektronikschrott. Alles wurde jetzt entweder vermieden, weil es schädlich war, oder gesammelt, ob das nun irgendeinen Sinn hatte oder nicht. Unser Pfarrhaus glich mehr und mehr einem Lager für diversen Unrat. Nur am Rande bekam ich mit, dass Marga Beier am Telefon war. Den mitfühlenden Seufzern von Frau Löffler entnahm ich, dass sich die Lage im Hause Beier weiter verschlechtert hatte.

„Komm doch einfach vorbei, Marga“, sagte Frau Löffler

gerade. „Wir trinken einen Kaffee und sprechen über alles. Ja. Ja – bis dann." Sie legte auf und ging auf ihr Zimmer. Als sie wieder erschien, trug sie ein mittelgraues schlichtes Twinset. Das war ihrer Stimmung eher angemessen.

Keine halbe Stunde später traf Marga Beier ein. „Ist der Pfarrer da?", wollte sie wissen. Frau Löffler schüttelte den Kopf.

„Nein, nein, der ist unterwegs, es gibt doch Ärger mit dem Kirchenvorstand wegen der neuen Friedhofssatzung. Komm, ich habe gerade ein paar frische Krapfen gemacht und Kakao!" Die beiden machten es sich am Küchentisch gemütlich und genossen ihre Leckereien. Ich sah, wie Marga Beier sich umsah und den Kopf schüttelte.

„Es sieht furchtbar hier aus!", regte sich meine Frau Löffler gleich wieder auf. Marga warf ihrer Freundin einen mitfühlenden Blick zu. „Eigentlich finde ich es gut, wenn Leute was tun, weil sie die Welt retten wollen. Wenn ich nur daran denke, wie sich mein Karl früher für alles und jedes eingesetzt hat …"

Jetzt war es an Frau Löffler, mitfühlend auf ihre Freundin und deren Probleme einzugehen.

„So schlimm?", fragte sie.

Marga Beier nickte. „Das sind so Phasen bei Karl", erklärte sie und zog ein Taschentuch aus der Tasche. „Immer dann, wenn man meint, jetzt hat er sich gefangen und alles läuft halbwegs normal …“ Sie unterbrach sich, um zu schluchzen und Frau Löffler legte ihr liebevoll den Arm um die Schulter.

„Willst du nicht doch mal mit unserem Pfarrer reden?“, bot sie an. Doch Marga Beier schüttelte den Kopf.

„Auf Pfarrer Hausmann hätte Karl vielleicht gehört, aber auf den Neuen? Den kennt er doch gar nicht!“

Frau Löffler flößte Marga Beier neben einem zweiten Kaffee noch drei frische Krapfen ein, ehe diese sich wieder auf den Heimweg machte. Als Frau Löffler sich danach wieder dem Krapfenteig widmete und zur Herstellung desselben diese laute Küchenmaschine in Betrieb setzte, sah ich zu, dass ich Land gewann. Etwas ratlos verkroch ich mich auf meinen Schlafplatz, da jedoch die Küchentür offenstand, war der Lärm bis ins Treppenhaus zu hören. Zum Glück war Frau Löfflers Zimmertür nur angelehnt, so dass ich dort hinein schlüpfen konnte. Ohne Mühe schlängelte ich mich durch den Türspalt und erlebte eine Überraschung: Wollknäuel! Wohin mein grünes Katzenauge auch blickte: knuffige, bunte Wollknäuel!

„Na, du hast dich wohl hierher verzogen?“ Ich hatte Frau Löffler gar nicht kommen hören. Sie strich mir zärtlich über den Kopf und griff nach ihrem Mobiltelefon. Sie hatte es selbst im Haus immer bei sich, für Notfälle, wie sie betonte, nur eben dann nicht, wenn es, wie jetzt, aufgeladen wurde.

„Bleib ruhig, Gina. Und wenn du magst, kannst du gern

mit der blöden Wolle spielen!", bot sie großzügig an. Ich maunzte dankbar, und kaum war sie weg, machte ich mich über meine neuen Spielzeuge her! Herrlich, wie sie herumkugelten und unter dem Bett verschwanden, wenn ich ihnen einen Stups gab. Warum sich Frau Löffler nicht dafür begeistern konnte, war mir in dem Moment eher schleierhaft! Oder lag es daran, dass Frau Löffler dieses Stricken als etwas Beleidigendes empfand? Ein Blick auf die herrlichen Wollknäuel ließ mich diesen Gedanken jedoch wieder verdrängen.

Es war Freitagmorgen, ich hatte gerade das Pfarrhaus durch meine Katzenklappe verlassen und machte meine Runde durchs Dorf. Drüben im „Roten Ross" schimmerten im ersten Stock Lichter durch die Vorhänge. Jetzt müsste eigentlich bald Max erscheinen und seinen allmorgendlichen Kontrollgang ums Haus machen.
Auf einmal ertönte ein markerschütternder Schrei. Luise Geißler, unverwechselbar. Dann schrie sie noch zwei Mal, doch leiser und irgendwie gedämpft. Hoffentlich war mit Max alles in Ordnung, dachte ich gerade, als ich sein tiefes Bellen hörte. Dann ertönte die Stimme von Fritz Geißler, er schimpfte laut und ausgesprochen ärgerlich. Aufgrund der Entfernung verstand ich allerdings kein Wort. Nur, dass er sehr, sehr wütend war, hörte ich an der Tonlage. Mich hielt es nicht länger auf meinem Platz. Ich musste wissen, was da im „Roten Ross" vor

sich ging! Ich überquerte die Straße und sauste zur Rückseite des Gebäudes, von wo die Stimmen gekommen waren. „Einbrecher!“, dachte ich und sprang ohne nachzudenken durch das offene Toilettenfenster. Hoffentlich war Max nichts passiert!

Die Tür zur Wohnung war nur angelehnt und so kam ich gerade rechtzeitig, um Max zu sehen, wie er von Fritz Geißler am Halsband in den vorderen Teil des Hauses gezerrt wurde. Max bebte vor Angst und er sträubte sich nach Kräften, was Herrn Geißler noch wütender machte. Ich konnte mir auf das alles überhaupt keinen Reim machen. Was hatte Max so eingeschüchtert und vor allem, warum behandelte Herr Geißler seinen geliebten Max so ruppig? Normalerweise ging er doch immer äußerst liebevoll mit ihm um! Ohne lange zu überlegen, folgte ich den beiden. Dann sah ich die Bescherung! Im Vorratsraum des Wirtshauses herrschte das totale Chaos. Lebensmittel waren aus den Regalen geworfen und lagen auf dem Boden, zum Teil waren sogar die Packungen aufgerissen und ihr Inhalt verstreut. Auf dem Fußboden breiteten sich kleine Häufchen von Mehl, Zucker, Kakaopulver, Nudeln und Keksen aus. Auch eine Lage Eier war zu Bruch gegangen und bildete jetzt einen riesigen Matschflecken auf den Fliesen. Der krönende Abschluss waren Pfützen aus Kondensmilch und Fruchtsaft. Luise Geißler stand einfach nur da, die Hände in die Hüften gestützt. Sie war blass und fassungslos und schüttelte immer wie-

der seufzend den Kopf. „Wie konntest du nur?“, fragte sie in Richtung Max.
Auch Herr Geißler schüttelte nun nur noch ratlos den Kopf und warf Max einen wütenden Blick zu. Dieser stand zwischen seinen beiden Menschen und war völlig hilflos. Er senkte den Kopf und tauchte seine riesige Zunge in eine Saftpfütze.
„Max, hör auf! Lass das lieber!“, rief ich ihm zu. Erschrocken fuhr er zu mir herum. „Gina, was tust du denn hier?“, fragte er.
Ich nützte die Gelegenheit und trat näher. Der Schaden war beträchtlich, wenn auch für die Geißlers finanziell verkraftbar. Aber diese Schweinerei! Es würde Stunden dauern, das hier alles wegzuputzen.
Wieder versuchte Max, etwas von dem Gemansche aufzulecken. Mir war klar, dass er sich damit nur noch mehr in Schwierigkeiten brachte, aber er ist ja so naiv!
„Jetzt reicht es aber wirklich, mein Freund!“, schrie Fritz Geißler ihn an. „Bist du immer noch nicht satt?“ Er packte Max unsanft am Halsband und beförderte ihn nach draußen.
„Ich wollte doch nur helfen!“, jammerte Max, aber außer mir verstand ihn natürlich niemand.
„Was ist denn eigentlich passiert?“, wollte ich wissen, doch dies war wohl kein günstiger Zeitpunkt für langwierige Erörterungen. Mit einem Riesensatz sprang ich zur Seite, als Herr Geißler Max durch den Flur zerrte.
„Heute gibt's für dich Diät, Max!“, kündigte er an und

öffnete die Haustür. „Und schlafen kannst du drüben im Holzschuppen!“

Max jaulte auf und wollte sich nicht hinausjagen lassen, doch es war sinnlos. Ich folgte dem jaulenden Max hinaus in die Kälte, dann schlug die Tür hinter uns beiden mit einem dumpfen Knall zu.

„Komm mit rüber zu mir!“, forderte ich Max auf. Ich ging voran und Max trottete mir ergeben und mit hängendem Kopf hinterher. Als wir vor dem Pfarrhaus angekommen waren, warf er einen sehnsüchtigen Blick zurück. „Sie sehen nicht einmal nach mir“, klagte er dann mit Grabesstimme. „Genauso gut könnte ich tot sein.“

Ich verstand, was er damit sagen wollte. Aber im Pfarrhaus war er in Sicherheit. „Warte erst einmal ab“, sagte ich deshalb zu ihm. „Das wird sich alles wieder beruhigen. Gib deinen Menschen ein bisschen Zeit.“

Wir holten uns von Frau Löffler ein Leckerli, dann verzogen wir uns auf meinen Schlafplatz, da störte uns wenigstens keiner. „Also los jetzt, erzähl mir alles, Max“, forderte ich ihn auf. „Aber du musst mir versprechen, nichts zu sagen“, forderte er mich auf. „Zu niemandem ein Wort über die Sache, in Ordnung?“

Das irritierte mich etwas. „Max, sie werden dich nicht umbringen deswegen“, versuchte ich ihn zu beruhigen.

„Aber ich war es doch gar nicht!“, jaulte er. „Warum sollte ich denn so etwas tun? Sie geben mir doch reichlich zu futtern!“

Das Argument war nicht zu widerlegen. Max hatte es nicht nötig, Futter zu klauen.
„Außerdem“, fuhr er fort, „warum sollte ich denn Zucker und Kakaopulver haben wollen?“ Er schüttelte sich bei der Vorstellung.
„Stimmt“, sagte ich. „Aber die Eier ...“
„Ich war es aber nicht! Und wenn meine Menschen ihren Verstand beieinander hätten, müsste ihnen das einleuchten!“ Er holte tief Luft und zwang sich zur Ruhe, was mir ganz recht war, denn ich wollte lieber nicht in der Nähe sein, wenn mein achtzig Kilo schwerer Freund von Bernhardiner einen ernsthaften Wutausbruch bekam.
„Aber wer sollte dann ...“, flüsterte ich. „Willst du damit sagen, dass dir jemand etwas anhängen will?“
„Das Monster“, flüsterte Max zurück.
„Das Monster war im Vorratsraum und hat dieses Chaos angerichtet?“, fragte ich verdattert.
„Du glaubst mir doch, oder?“, fragte er. Die Verzweiflung in seiner Stimme ängstigte mich.
„Natürlich glaube ich dir, Max!“, beeilte ich mich zu versichern. „Erzähl mir alles!“, forderte ich ihn auf und er legte los.
„Es war in der Nacht. Ich hatte tief und fest in meinem Korb im Flur vor dem Schlafzimmer meiner Menschen geschlafen, als ich durch ein Geräusch wach wurde. Ich schlich die Treppe runter, so leise ich konnte. Als ich un-

ten ankam, hörte ich Geräusche aus der Vorratskammer. Die Tür war zu, aber da ist ja dieser Lüftungsschacht, und …"
Max sah sich nach links und rechts um, als fürchtete er, belauscht zu werden. „Es war das Monster, ich habe es gerochen!"
Mir fuhr der Schreck in alle Glieder. „Das Monster!" Ohne dass ich es hätte verhindern können, klapperten meine Zähne. „Aber Max, warum hast du denn nicht Alarm geschlagen?", fragte ich. Sein Gebell hätte das halbe Dorf geweckt, noch dazu mitten in der Nacht.
Er ließ sich auf den Hintern plumpsen. „Ich war einfach so verblüfft. Es war ein völlig unbekannter Geruch. Kein Marder, keine Ratte, kein Wiesel …" „Nimm es nicht so schwer!", sagte ich in dem Versuch, ihn zu trösten. Doch meine Worte verfehlten ihren Zweck, denn Max heulte jetzt wirklich wie der sprichwörtliche Schlosshund.
„Sie hassen mich!", jaulte er. „Weil sie denken, ich habe den Saustall in der Vorratskammer angerichtet! Sie haben mich hinausgeworfen und wollen mich nicht mehr im Haus haben!"
In diesem Moment schloss Pfarrer Winter die Haustür auf. Er kam gerade vom Religionsunterricht zurück. Sofort stürzte Max ihm entgegen und wedelte so heftig mit dem Schwanz, dass sich der Luftzug anfühlte wie ein beginnender Tornado. Die beiden begrüßten sich ebenso lautstark wie ausgiebig. Hechelnd drehte Max den Kopf

nach mir um. „Gina, Pfarrer Winter ist so super, vielleicht sollte ich hier einziehen …“

Ich ließ die beiden allein und raffte meine ganze Würde zusammen, um hocherhobenen Kopfes die Katzenklappe zu erreichen. Vielleicht half mir ein ausgedehnter Spaziergang dabei, wieder einen klaren Kopf zu bekommen. Als ich an der Rückseite der Kirche anlangte, blieb ich stehen.

Stefan Geißler und Lissy Steinbach standen dort und unterhielten sich nicht gerade friedlich, was keine Seltenheit war. Und ganz offensichtlich hatte dieser unerfahrene Bursche es noch nicht über sich gebracht, dem Mädel seine Gefühle verständlich zu machen, stattdessen versteckte er sie hinter einem ruppigen Macho-Gehabe, was bei einem reizenden weiblichen Wesen wie Lissy natürlich gar nicht gut ankam. Entsprechend zickig reagierte sie. Ihnen zuzuschauen war besser als jede Seifenoper! Und trotz Max und dem Monster genoss ich das Schauspiel.

„Ich habe bereits mehrere Einladungen zum Faschingsball bekommen, Stefan Geißler“, maßregelte Lissy ihn gerade und reckte ihr keckes Stupsnäschen noch weiter gen Himmel. „Du bist wie immer zu spät dran!“

Stefan scharrte mit den Füßen im Schnee. Ein deutliches Zeichen für Verlegenheit, nicht jedoch für Lissy, die nur entnervt die Augen verleierte, woraufhin er höhnte: „Ach, und wer ist dann der Glückliche, wenn man fragen darf?“

Sie warf ihm einen vernichtenden Blick zu. „Das geht dich überhaupt nichts an“, fauchte sie. „Ich werde dich garantiert nicht fragen, mit wem ich ausgehen darf!“
„Lissy, bitte“, lenkte Stefan ein und hielt sie am Oberarm fest. „So habe ich es doch nicht gemeint!“ Er schien ehrlich zerknirscht zu sein. Doch Lissy ignorierte seine Entschuldigung und stob davon. Während ich ihr noch hinterhersah, war Max aus dem Haus geschossen und begrüßte Stefan, als hätte er ihn jahrelang nicht gesehen.
„Max, alter Junge“, sagte er und tätschelte ihm die Flanke. „Habe schon gehört, was du angestellt hast. Aber das ist okay, wir bauen eben alle mal Mist.“ Damit warf er einen letzten Blick auf Lissys Fußspuren im Schnee und begrüßte mich ebenfalls.
Pfarrer Winter, Max dicht auf den Fersen, sah Stefan Geißler fragend an. Dieser schilderte ihm, dass Max den Vorratsraum des Wirtshauses geplündert und dort erheblichen Schaden angerichtet hatte.
„Was? Max?“, rief Pfarrer Winter zu meinem Erstaunen aus. „Das glaubst du doch wohl selbst nicht!“
„Doch, Herr Pfarrer“, erwiderte Stefan. „Wenn Sie mir nicht glauben, fragen Sie meine Eltern.“
Zu meinem großen Erstaunen stimmte Pfarrer Winter zu. „Ich habe zwar gleich noch einen Termin, aber das muss jetzt sein!“, verkündete er.
„Mein Held“, hechelte Max immer wieder und drängte sich dicht an unseren Pfarrer. Eigentlich hatte ich genug

von seiner überbordenden Zuneigung. Dennoch wollte ich mir nicht entgehen lassen, wie sich unser Pfarrer für Max einsetzte.
Frau Geißler führte den Pfarrer in den Vorratsraum. „Ich bin noch nicht zum Aufräumen gekommen!“, sagte sie entschuldigend.
Pfarrer Winter betrat den Vorratsraum und stieg vorsichtig über die Lachen hinweg. Mit gerunzelter Stirn sah er sich um und inspizierte alles ganz genau. Dann trat er an ein Regal und streckte die Hand nach oben.
„Das kann unmöglich Max gewesen sein“, sagte er zu Frau Geißler. Die starrte ihn mit offenem Mund an. Pfarrer Winter war groß und dünn und erreichte mit ausgestreckter Hand nur mit Mühe den obersten Regalboden. Aber Max musste sich ja mit den Vorderpfoten abstützen, wenn er sich in die Höhe stemmte! Er konnte also gar nicht die oberen Regalfächer erreichen! Pfarrer Winters Beweisführung war eindeutig.
„Das stimmt“, sagte Herr Geißler, der sich mittlerweile ebenfalls am Tatort eingefunden hatte. „Sie haben recht, Herr Pfarrer.“
Pfarrer Winter lief zu kriminalistischer Höchstform auf. Er bückte sich und nahm eine der aufgerissenen Kakaopackungen. „Das war eindeutig ein Nagetier“, entschied er nach eingehender Inspektion. „Max hat viel größere Zähne.“ Er reichte den Beweisgegenstand an Herrn Geißler weiter.

Max blickte zu seinem Herrchen auf.
„Ich muss mich wohl bei dir entschuldigen, Max." Herr Geißler kraulte seinen Hund hinter dem Ohr. „Haken wir die Sache als Justizirrtum ab." Auch Frau Geißler kam jetzt zu Max und streichelte ihn. Der verging fast vor Freude über seine Rehabilitation und die Aufmerksamkeit, die ihm zuteil wurde.
„Herr Pfarrer, ich danke Ihnen", wandte Herr Geißler sich jetzt an Pfarrer Winter. „Und ich möchte die Gelegenheit nutzen, Sie zu unserem Faschingsball einzuladen – als Ehrengast selbstverständlich!"
Weiter kam er nicht. Pfarrer Winters Gesichtsausdruck änderte sich schlagartig.
„Vielen Dank, Herr Geißler", sagte er. „Auf das typische Faschings-Tohuwabohu kann ich gut verzichten! Zu viel Alkohol und zu viele Menschen, die dann nicht mehr wissen, was sie tun – davon halte ich mich lieber fern."
„Wenn Sie den Umzug mit unseren geschnitzten Masken und traditionellen Kostümen sehen –", widersprach Herr Geißler und wurde sogleich wieder vom Pfarrer unterbrochen.
„Danke, aber das habe ich nicht vor!" Pfarrer Winter ließ Familie Geißler samt Max stehen und eilte davon zu seiner Gemeinderatssitzung.
„Da siehst du es!", sagte ich zu Max. „Er tritt allen auf die Pfoten. Und mich sieht er überhaupt nicht. Ich bin Luft für ihn!"

„Seltsam“, meinte Max. „Zu mir ist er immer so lieb. Wir müssen unbedingt herausfinden, warum er sich so benimmt.“

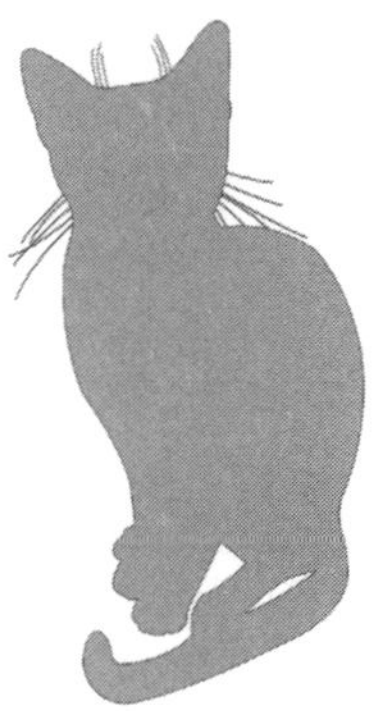

DAS MONSTER ZIEHT INS PFARRHAUS

Als Pfarrer Winter später von seiner Gemeinderatssitzung kam, lud Frau Löffler gerade zwei Säcke Kartoffeln aus dem Wagen.
„Frau Löffler!“, rief Pfarrer Winter ihr schon von weitem zu. „Muss das sein, dass die Haustür die ganze Zeit über offensteht?“, ereiferte er sich. „Das erhöht die Heizkosten beträchtlich!“
Frau Löffler schnappte nach Luft. „Es hilft einem ja auch kein Mensch!“, gab sie zurück und wankte schwerbepackt die fünf Steinstufen bis zur offenen Tür hinauf. Pfarrer Winter sah ihr betreten nach.
„Verstehen Sie das denn überhaupt nicht?“, rief er und hob in einer verzweifelt wirkenden Geste die Hände. „Christliche Nächstenliebe heißt nicht nur, Schulkindern ein warmes Essen vorzusetzen, sondern auch, sich um nachfolgende Generationen zu kümmern. Und wenn wir mit dem, was der Herr uns hier auf Erden anvertraut hat, sorgsam umgehen, so ist das kein Übereifer, sondern nur normales christliches Verhalten.“
Frau Löffler erschien wieder im Türrahmen. Sie hatte ihren Mantel abgelegt ihr marsrotes Twinset stach selbst dem unaufmerksamsten Betrachter sofort ins Auge. Das

trug sie immer, wenn sie in den Supermarkt fuhr. Allerdings passte es auch gut zu der leicht aggressiven Stimmung, in die sie – das war mehr als deutlich – gerade geriet. Pfarrer Winter schien das nicht zu bemerken, auch den funkelnd warnenden Blick aus Frau Löfflers Augen übersah er – jetzt wurde es richtig spannend, denn er fuhr mit seinen Belehrungen ungebremst fort.
„Und überhaupt“, meinte er und schob sich um die offene Heckklappe herum. „Erinnere ich mich, dass wir das Thema Einkaufen mit dem Wagen bereits besprochen hatten! Glauben Sie mir, Fahrradfahren ist der Figur sehr zuträglich!“
Ich hielt die Luft an. Gerade hatte Pfarrer Winter den Fehler seines Lebens begangen. Frau Löffler zu kritisieren war eine Sache, sie jedoch auf ihre Rubensfigur anzusprechen eine offene Kriegserklärung.
„Meiner – meiner Figur?“ Sie starrte ihn an. In ihrem Blick lag Mordlust.
Offenbar ging ihm auf, dass er einen Schnitzer begangen hatte. „Ich meine nur“, sagte er. „Also – es war natürlich nicht böse gemeint, sondern –“
Plötzlich erklangen aus dem rückwärtigen Teil des Hauses, wo die Küche lag, seltsame Geräusche. Besorgniserregende Geräusche, genauer gesagt. Ein Rascheln und Scharren – und dann ein Klappern. Dann fiel etwas um.
Frau Löffler und Pfarrer Winter starrten sich kurz an und eilten dann beide ins Haus. Ich folgte ihnen in einem

gewissen Abstand, so ganz geheuer war mir die Situation nämlich nicht. Die Pfarrhausküche sah nicht ganz so schlimm aus wie der Vorratsraum des Wirtshauses, war aber auf dem Weg dahin. Frau Löffler hatte ihre Einkäufe auf dem Küchentisch deponiert und zwei der Stoffbeutel waren umgefallen. Ihr Inhalt lag nun auf dem Küchenboden verstreut. Und da saß etwas auf dem Fußboden, das definitiv keine Katze war, und kaute an einem Stück Leberkäse herum.

„Ach du meine Güte!", schrie Frau Löffler. Im gleichen Moment drehte sich das Tier, bis dahin völlig in seine kulinarischen Genüsse versunken, zu ihr um und starrte sie an. Es hätte komisch sein können, wirklich. War es aber nicht. Ich hatte bei Frau Löffler Schutz gesucht und lugte nun zwischen ihren Beinen hindurch. Das Tier war nicht sehr viel größer als ich.

„Was ist das denn?" Frau Löffler stand da wie festgewachsen.

„Ein Waschbär", entfuhr es Pfarrer Winter, der ebenfalls hinter ihr stand. Ob er auch Schutz gesucht hatte? Ich sah zu ihm auf, und – er lächelte! Er sah das Tier – den Waschbären – an und lächelte übers ganze Gesicht!

„Aber – aber wie kommt denn der hierher?", fragte Frau Löffler, in deren Vorstellung ein Waschbär wohl ungefähr so exotisch war wie ein Alligator. „Und was macht er hier?"

„Fressen, er hat offenbar Hunger." Pfarrer Winter schob sich um Frau Löffler herum. Der Waschbär saß noch immer auf dem Küchenboden, streckte beide Beine von sich und hielt das Stück Leberkäse fest umklammert.

„Er scheint zahm zu sein", sagte Pfarrer Winter, bückte sich und ging langsam auf das Tier zu. Der Waschbär quiekte, blieb jedoch sitzen. Pfarrer Winter ging vor ihm in die Hocke und strahlte ihn regelrecht an. In diesem Moment hätte ich platzen können vor Wut! Was stimmte denn nicht mit diesem Mann? Er mochte Max und er überschlug sich fast angesichts eines Waschbären. Mir ging er aus dem Weg, wo er konnte, und behandelte mich wie Luft! Das konnte doch wohl nicht wahr sein!

„Da haben wir ja den Übeltäter", sagte Pfarrer Winter und streckte vorsichtig die Hand aus. „Du hast wohl auch den Vorratsraum des Wirtshauses heimgesucht? Ich dachte gleich, dass mir die Zahnspuren irgendwie bekannt vorkommen", sagte er in Frau Löfflers Richtung. Diese hatte für Hunger das allergrößte Verständnis.

„Was essen Waschbären denn so?", fragte sie den Pfarrer. „Und woher wissen Sie das überhaupt?", brummelte sie anerkennend.

„Ach, mein Bruder ist Tierarzt. Wir sind mit Tieren aufgewachsen. Daher bin ich einigermaßen vertraut mit allen möglichen Tierarten", sagte er und streichelte den Waschbären ganz sanft am Rücken. „Er ist zahm", stellte er fest. „Also wohl entlaufen oder ausgesetzt worden. Übrigens sind Waschbären Allesfresser. Geben Sie ihm ruhig etwas Obst und Gemüse."

Frau Löffler verleierte die Augen, und ich konnte sie gut verstehen – gesunde Ernährung war eben auch für kleine entlaufene Waschbären Pflicht.

Der Waschbär durchkreuzte Frau Löfflers Pläne erheblich. Das Mittagessen musste noch vorbereitet werden. Auf Salat und Gemüse verzichtete sie angesichts des Stresses mit dem Waschbären lieber und zum Glück hatte unser Pfarrer offenbar auch anderes zu tun, als die Umsetzung seiner Ernährungsvorstellungen zu kontrollieren. Er war längst wieder am Telefon in eine Diskussion verstrickt, zumindest deutete die Tonlage, in der er sich unterhielt, nicht gerade auf einen freundlichen Plausch hin. Vorher hatte er es sich aber nicht nehmen lassen, den Waschbären höchstpersönlich im Heizungskeller einzuquartieren. Durch ein angelehntes Kellerfenster konnte er raus und rein, wie es ihm passte.
„Ach, da entweicht keine kostbare Heizungsluft!“, grummelte Frau Löffler, während sie sich um das leibliche Wohl unseres Gastes kümmerte.
„Das ist eine Ausnahme, Frau Löffler“, sagte Pfarrer Winter. „Schließlich hat er ja auch gewisse Bedürfnisse. Außerdem möchte ich ihn nicht gern einsperren.“
Da mir der neue Hausgenosse reichlich unheimlich war, hielt ich mich an Frau Löffler. Erst als unsere vier Mittagskinder über ihren Hausaufgaben brüteten, gönnte sich Pfarrer Winter eine Telefonpause. Dass ihn diese langwie-

rigen Diskussionen mitnahmen, sah man ihm deutlich an.
„Wir sollen im Kindergarten sparen!“, brummte er, während er sich seinen Pfefferminztee abholte. „Ist denn das die Möglichkeit!“
Frau Löffler beobachtete ihn durchaus mitfühlend.
„Am besten eine Erzieherin ganz weg, dabei wird die Frau dringend gebraucht! Aber das kläre ich noch mit dem Kirchenvorstand, das geht so nicht! Dann müssen wir an anderer Stelle sparen. Kinder sind unsere Zukunft und die schwächsten Glieder einer Gesellschaft, ausgerechnet dort die Schere anzusetzen, ist nicht richtig!“
Frau Löffler ließ ihn vor sich hin schimpfen. Wenn es um christliche Werte ging, lagen die beiden voll auf einer Wellenlänge. Das war aber auch so ziemlich das Einzige, bei dem sie sich einig waren. Und als ob ich es geahnt hätte, eröffnete Pfarrer Winter ein neues Scharmützel.
„Frau Löffler“, sagte er, „da Sie ja einen Internetzugang haben, würde ich Sie bitten, zu recherchieren, ob nicht irgendwo ein Waschbär entlaufen ist und vermisst wird.“
„Wann soll ich das denn noch machen?“, fragte Frau Löffler gequält. „Dazu habe ich keine Zeit.“ Wenn sie wollte, konnte sie ganz schön widerspenstig sein. Aber Pfarrer Winter war auch nicht ohne, denn er parierte gekonnt: „Vielleicht könnten Sie ja heute Nacht dafür auf eine oder zwei Partien Poker verzichten? Der Waschbär und ich werden es Ihnen danken! Und der Herr sowieso.“

Der Samstag empfing uns mit eisiger Kälte, die schon fast traditionell zum Faschingswochenende dazugehört. Ich hatte Max aufgesucht, um ihn über die Sache mit dem Waschbären aufzuklären.
„Frau Löffler hat keinen vermissten Waschbären im Internet gefunden!", schloss ich meinen Bericht keine Sekunde zu früh, denn schon stürzte Max freudig hechelnd auf den gerade eintreffenden Pfarrer Winter zu.
„Guten Morgen, Herr Pfarrer", begrüßte Fritz Geißler ihn mit unterkühlter Höflichkeit. Er war noch immer über die brüske Art, in der Pfarrer Winter seine Einladung zum Faschingsball abgelehnt hatte, gekränkt.
Das schien den Pfarrer jedoch nicht weiter zu stören. „Bevor ich zu meinen Hausbesuchen aufbreche, muss ich unbedingt etwas klarstellen. Mein Freund hier", sagte er und tätschelte Max den Nacken, „ist vollständig rehabilitiert." Dann berichtete er von dem Waschbären, der jetzt vorübergehend im Pfarrhaus logierte.
„Mein Held", sagte Max und verdrehte die Augen in Richtung Pfarrer Winter.
„Hör auf, ihn zu bewundern", verlangte ich.
Max sah mich traurig an. „Vielleicht mag er einfach keine Katzen", sagte er. „Nimm es nicht so persönlich, Gina."
Und ob ich das tat! Was bildete sich Max eigentlich ein? Klar nahm ich es persönlich, mich betraf es schließlich!

Der Faschingsumzug mit traditionellen Masken und Kostümen fand nach dem Mittagessen statt und war wie jedes Jahr mit sehr viel Radau verbunden. Zumindest der Lärm war beabsichtigt, so hatte mich Frau Löffler in den vergangenen Jahren aufgeklärt, da die Vorfahren der heutigen Dorfbewohner damit früher die Dämonen vertreiben wollten. Heute glaubte daran natürlich niemand mehr, dennoch blieb es bei dem Geklapper und Geschepper, Hauptsache laut, alles andere war egal. Die Blaskapelle spielte wie jedes Jahr grottenschlecht, aber daran war ich, wie alle anderen, schon gewöhnt. Und dann kam Pfarrer Winter doch noch dazu, allerdings mehr oder minder unfreiwillig. Frau Löffler stand direkt vor dem Pfarrhaus am Straßenrand und war mit dem Verteilen von Bonbons beschäftigt. Sie sah in ihrem prächtigen Kostüm nicht wirklich aus wie eine Hexe, mehr wie ein Burgfräulein, wenn auch ein recht üppiges. Pfarrer Winter hatte sein Fahrrad aus dem Schuppen geholt und kam damit zur Straße. Er war dick eingemummt und ich fragte mich wirklich ernsthaft besorgt, was er bei der festgetretenen Schneedecke ausgerechnet auf zwei Rädern wollte – sich Hals und Beine brechen? Meine Aufmerksamkeit war jedenfalls geweckt. Zum Glück sah er nach wenigen Metern selbst ein, dass sein Unterfangen keinen Sinn hatte und lehnte das Rad an unseren Gartenzaun. Er drehte sich um und wandte sich Frau Löffler zu, sprach sie an – mehr bekam ich nicht mit, denn just in dem

Moment kam diese elende Blaskapelle näher und begrub akustisch alles unter ihrem Krach. Ich sah Pfarrer Winter gestikulieren und Frau Löffler fragend den Kopf schütteln.

Da näherte sich Karl Beier aus der Gegenrichtung und prompt beschlich mich ein ungutes Gefühl. Er hatte schon gewaltig Schlagseite und schlingerte auf der ganzen Gehsteigbreite hin und her. Die kleine Aushilfskellnerin, eine Nichte von Edwin Hallhuber und inzwischen Studentin in München, stand mit ihrem Tablett voller gefüllter Schnapsgläser direkt am Straßenrand, reichte es immer wieder in den Zug hinein und ließ sich von der allgemein guten Stimmung treiben. Von rechts näherte sich ihr Pfarrer Winter und schwups, hielt sie ihm das Tablett unter die Nase. Die hielt seinen schwarzen Talar in ihrem angeheiterten Zustand sicher für ein Faschingskostüm. Für einen Moment war ich so fasziniert von den Abwehrbewegungen, der Mimik und Gestik unseres Pfarrers, dass mir der herannahende Karl Beier erst auffiel, als er schon bis auf geschätzte drei Armlängen herangeschlingert war. Offenbar zog ihn das Schnapstablett magisch an. Pfarrer Winter schien der jungen Frau etwas zubrüllen zu wollen, hinter seinem Rücken fuchtelte Frau Löffler verzweifelte Signale an die junge Frau. Dann war die Blaskapelle endlich vorbeigezogen. Doch ihr folgte unmittelbar ein von einem fast genauso lauten Traktor gezogener, festlich herausgeputzter Heuwagen. Der heranschlingernde

Karl Beier kämpfte mit seinem Gleichgewicht und suchte Halt an irgendetwas. Vermutlich wollte er nach dem Zaun greifen, aber genau dort hatte Pfarrer Winter ja sein Fahrrad angelehnt. Beier bekam also nur das Rad mit einer Hand am Lenker zu fassen, wollte sich festhalten, aber natürlich gab das Fahrrad nach, und er riss es mit. Samt Fahrrad segelte er auf die Straße. Der Fahrer des Traktors reagierte blitzschnell, aber die Straße war verschneit und drunter gefroren. Dies war das krachende und berstende Ende von Pfarrer Winters Fahrrad. Es wurde unter den Vorderrädern des Traktors förmlich zermalmt, was aber wiederum dazu führte, dass die Reifen Halt auf der festgefahrenen Schneedecke fanden. Somit kam das Gespann ungefähr dreißig Zentimeter vor Karl Beiers Hand, die noch immer den Lenker umfasst hielt, zum Stehen. Beier war nichts passiert, dem Himmel sei Dank! Man half ihm auf und Frau Löffler brachte ihn ins Pfarrhaus. Der Faschingszug war zum Stehen gekommen, die Aushilfskellnerin hatte in ihrem Schrecken das Schnapstablett fallenlassen und war nun unterwegs, um Nachschub zu holen, während Passanten die Gläser einsammelten. Pfarrer Winter stand vor den Überresten seines Fahrrads, die wie bizarr verbogene Drähte unter den Traktorreifen hervorschauten.

Mittlerweile hatte Frau Löffler den besoffenen Beier in die Küche gebracht und versuchte ihm dort starken Kaffee einzuflößen. Nachdem er die erste Tasse davon intus hatte, ging sie in den Flur und versuchte Marga anzurufen. Doch natürlich hörte die bei all dem Lärm auf der Straße das leise Piepen ihres Mobilteiles nicht. Entnervt gab Frau Löffler nach ein paar Fehlversuchen auf. Dann klingelte es plötzlich Sturm. Eine sehr überdimensionale Pippi Langstrumpf stand keuchend vor der Tür, und Frau Löffler und ich erkannten sie erst recht spät als Marga Beier.

„Himmel, wie siehst du denn aus?", begrüßte Frau Löffler ihre Freundin wenig charmant. „Und wo hast du dieses merkwürdige Kostüm her?"

Marga Beier war immer noch völlig außer Puste, außerdem um ihren Karl besorgt. Vielleicht ignorierte sie die nicht eben feinfühlige Frage deshalb und sah sich sofort suchend nach ihrem Mann um. Frau Löffler brachte sie zu Karl, draußen hatte der Fahrer des Festwagens zurückgesetzt. Pfarrer Winter kam mit den grotesken Überresten seines Fahrrads aufs Haus zu, während sich der Umzug wieder in Bewegung setzte. Nachdem er den Schrott abgestellt hatte, betrat er die Küche. Ich spitzte auf meinem Beobachtungsposten auf dem Fensterbrett beide Ohren. Marga Beier saß schluchzend neben ihrem Mann, der zwar schon in etwas besserer Verfassung war, als eben auf der Straße, aber natürlich immer noch ziemlich betrunken. Seine Hände zitterten und er starrte bloß dumpf vor sich hin.

„Bringen wir ihn ins Gästezimmer“, schlug Frau Löffler vor. „Da kann er seinen Rausch ausschlafen.“
Zu meinem Erstaunen nickte Pfarrer Winter und legte sich dann Beiers Arm um die Schulter. Gemeinsam bugsierten sie ihn die Treppe hinauf. Nur Marga Beier nahm davon keine Notiz, sie weinte und weinte und weinte. Ihre einstmals kreisrunden roten Pippi-Langstrumpf-Bäckchen waren nun völlig verschmiert. Frau Löffler, wieder zurück in der Küche, strich ihr liebevoll über die roten, abstehenden Zöpfe, kochte frischen Kaffee und schmierte Brote. Essen konnte nie schaden, ihre Devise bestätigte sich auch dieses Mal, und zu meinem großen Erstaunen setzte Pfarrer Winter sich mit an den Küchentisch und langte kräftig zu. Vielleicht war das der Schock wegen seines überfahrenen Fahrrads?
Nachdem sie ein paar Minuten lang schweigend gegessen hatten, waren Frau Beiers Tränen versiegt und Pfarrer Winter ergriff das Wort.
„Frau Beier“, fing er an, „Ihnen ist doch sicher klar, dass so etwas wie heute nicht noch einmal passieren darf.“
Das reichte schon, Marga Beier fing erneut an zu weinen. „Mein armer Karl“, schluchzte sie. „Er hätte überfahren werden können.“
„Ja, und das ist schon schlimm genug“, fiel Frau Löffler ein und schenkte ihr Kaffee nach. „Aber er hätte statt des Fahrrads ja auch eine alte Frau mitreißen können. Oder ein Kind.“

Die Vorstellung löste neues Schluchzen bei Marga Beier aus.
„Beruhigen Sie sich erst einmal“, sagte Pfarrer Winter und tätschelte ihr die Hand – ich traute meinen Augen nicht, aber er tat es wirklich! „Wir werden eine Lösung finden.“
Mich packte die Rührung. Einen Moment lang fragte ich mich allen Ernstes, ob ich nicht einen Zeitsprung vollzogen hatte, ohne es zu merken, denn ich hatte den Eindruck, als spräche der Geist des verstorbenen Pfarrers Hausmann mit Marga Beier und Frau Löffler und nicht der leibhaftig dort sitzende Pfarrer Winter! Frau Löffler schien ein ähnlicher Gedanke durch den Kopf zu gehen, denn sie sah Pfarrer Winter ganz erstaunt von der Seite her an.
„Wie lange geht das denn schon so, Frau Beier?“, fragte dieser jedoch unbeirrt weiter.
„Etwas über zwei Jahre“, schniefte Marga Beier.
„Und jetzt denken Sie bitte nach, ja? Können Sie sich noch an die Umstände erinnern, unter denen das alles angefangen hat?“, wollte Pfarrer Winter wissen. Er redete dabei ganz ruhig auf Marga Beier ein, die sich zusehends beruhigte und nachdachte.
„Ja, ich denke schon“, schniefte sie. „Ich glaube, es war kurz nach Weihnachten. Damals ist sein älterer Bruder gestorben und nach der Beerdigung habe ich Karl das erste Mal so betrunken erlebt. Immer wieder hat er mir

versprochen, mit dem Trinken aufzuhören, aber nach wenigen Tagen war er wieder unterwegs. Es ging immer weiter bergab mit ihm. Auch als er seinen Job verloren hat, brachte ihn das nicht zur Vernunft. Und ich", schluchzte sie heftig, „ich interessiere ihn doch gar nicht mehr!"

Pfarrer Winter tätschelte unbeholfen ihre Hand, während Frau Löffler und ich weiter staunten. Dann fragte er: „Hat Ihr Karl denn jemals eine Therapie wegen seines Trinkens gemacht?"

„Nein. Er weigert sich. Ich habe gebettelt und gefleht und gedroht, aber er will nicht."

„Frau Beier", sagte Pfarrer Winter eindringlich, „ich werde mein Möglichstes tun, um ihren Mann zu einer Entziehungskur und anschließenden Langzeittherapie zu bewegen."

Ein ungläubiges Lächeln der Hoffnung breitete sich auf Marga Beiers Gesicht aus.

„Aber dafür brauchen Karl und ich Ihre Hilfe! Mich kennt er noch nicht, doch Sie haben Ihrem Mann bislang so tapfer zur Seite gestanden, geben Sie jetzt nicht auf! Sie sind nicht alleine, das verspreche ich Ihnen! Doch dafür wird er Sie brauchen. Wir brauchen doch alle jemanden, der uns versteht und auch die dunklen Wege mit uns geht! Und wenn die Kraft Sie mal verlässt, dann kommen Sie zu mir."

Nicht nur ich starrte Pfarrer Winter gerührt an. Frau Löff-

ler war auch ganz verdattert. „Ich werde mal nach ihm sehen“, sagte sie und verließ die Küche.
„Natürlich werde ich Ihnen das Fahrrad ersetzen“, bot Marga Beier weinend an. Um ihre Beherrschung war es nun vollends geschehen.
„Machen Sie sich darüber keine Sorgen“, beschwichtigte Pfarrer Winter sie. „Ihr Mann wird den Schaden ersetzen. Wenn er erst wieder eine Arbeit hat.“ Pfarrer Winter erhob sich.
„Herr Pfarrer?“ Ungläubig und ein bisschen hilflos schaute Frau Beier zu ihm auf. „Glauben Sie wirklich, er kann sich wieder fangen?“
„Jeder kann das, mit der richtigen Einstellung und Unterstützung“, sagte er. „Wir werden nichts unversucht lassen. Das ist doch meine Aufgabe als Pfarrer, oder?“ Nun blitzte ihm schon fast der Schalk aus den Augen. Während die Damen noch am Küchentisch verweilten, blockierte Pfarrer Winter schon wieder die Telefonleitung. Was hatte dieser Mann nur vor der Erfindung des Telefons gemacht?

Auf der anderen Straßenseite, im „Roten Ross“, wurden derweilen letzte Vorbereitungen für den großen Faschingsball getroffen. Ich saß auf dem Fensterbrett und beobachtete interessiert, wie Stefan eine Runde mit Max durch das Dorf ging. Dann verschwanden beide wieder im Haus, doch kurz darauf kam Stefan noch einmal zurück und lief auf das Pfarrhaus zu. Er brachte etwas mit und klingelte. Auf seine Bitte hin holte Frau Löffler den Pfarrer.

„Es ist zwar nicht mehr neu, aber noch sehr gut in Schuss“, sagte Stefan freudestrahlend und zeigte auf das schwarz lackierte Damenfahrrad. „Meine Mutter benutzt es nicht mehr und vielleicht haben Sie ja Verwendung dafür, Herr Pfarrer.“

Zunächst lächelte Pfarrer Winter etwas unsicher. Dann ging er in die Hocke und inspizierte das Fahrrad aus der Nähe. „Das ist ja ein original Kynast“, sagte er zu Stefan. „So eine Qualität wird heute gar nicht mehr hergestellt!“ Er wies auf die Muffen, mit denen die einzelnen Rahmenteile verbunden waren. „Hartgelötet“, stellte er fest. „Das ist noch echtes Handwerk.“ Er strahlte vor Freude, als er mit einer Hand über den Ledersattel fuhr.

„Richten Sie Ihrer Mutter bitte aus, ich nehme es gerne, aber nur, falls sie es wirklich nicht mehr braucht. Und ich komme morgen Nachmittag vorbei, um mich bei ihr zu bedanken.“

Stefan ging wieder hinüber ins „Rote Ross“. Die Musik drang leise auf die Straße heraus und der Schein der bunten Lichter aus der Gaststube ließ die Schneedecke vor den Fenstern sanft schimmern.

Pfarrer Winter freute sich über sein neues Fahrrad, Frau Löffler richtete ihm das Abendessen her und sah dann noch einmal nach Karl Beier, der nach wie vor im Gäste-

zimmer des Pfarrhauses seinen Rausch ausschlief, bevor sie hinüber ins „Rote Ross“ zum Faschingsball ging.
Ich folgte ihr, denn ein bisschen Spaß hatten wir uns nach diesem Tag wohl alle verdient. Und als ob es den Zwischenfall mit Karl Beier und dem Fahrrad des Pfarrers nicht gegeben hätte, wurde gefeiert, was das Zeug hielt. Die Stimmung war schon kurz vor dem Siedepunkt, als ich sah, wie sich Stefan und Lissy, die sich als eine Art Fee verkleidet hatte, gemeinsam verzogen. Am liebsten wäre ich schon aus reinem Wissensdurst hinterher, doch das kam natürlich nicht infrage, schon wegen Max nicht, der mir einen prima Beobachtungsplatz neben der Theke besorgt hatte und der es nicht nur wegen seiner Körpergröße nicht schaffte, irgendwo unerkannt zu bleiben.
„Siehst du den Klingonen da drüben?“, fragte er und stupste meinen Kopf zärtlich in die richtige Richtung.
„Du meinst diese merkwürdige Gestalt mit der seltsamen Maske?“, hakte ich sicherheitshalber nach.
„Ja, genau, das ist der neue beste Freund von meinem Stefan! Zusammen gucken sie alle möglichen Fernsehserien. Der Lissy scheint das auch zu gefallen!“, knurrte er und sah sich suchend um. „Wo ist die übrigens? Und auch der Stefan ist weg?“
Max machte einen wirklich beunruhigten Eindruck, während ich still und zufrieden vor mich hin schnurrte. Auch Frau Sternbach, Lissys gerade mal sechsunddreißigjährige Mama, die immer noch für viele der Inbegriff einer

Schönheitskönigin nicht nur von Ringelreuth war, sah sich besorgt um. Sie vermisste ihre Tochter. Aber wenn sie wüsste, dass sich Lissy mit Stefan verkrümelt hatte, nun, dann würde sie sich sicher noch viel mehr sorgen.
So langsam fielen mir nach diesem ereignisreichen Tag die Augen zu und ich schlich in mein Pfarrhaus zurück. Doch bevor ich mich schlafen legte, tigerte ich noch einmal in den Keller, nur so, aus reiner Neugier. Der Waschbär lag in seinem Karton neben dem Heizkessel und blinzelte mich an.

PFARRER WINTER GREIFT EIN

Der Faschingsball war, trotz des Unfalls von Karl Beier beim Umzug, ein voller Erfolg. Entsprechend sah auch der Wirtsraum des „Roten Ross“ am nächsten Morgen aus – unglaublich, wie viel Müll übrig bleibt, wenn Menschen ausgelassen feiern. Frau Löffler, Frau Beier und alle drei Geißlers waren bereits seit Stunden damit beschäftigt, das Durcheinander zu beseitigen. Und ich war den beiden Damen unauffällig hinterhergeschlichen, nachdem der Pfarrer auch noch Richtung Kirche verschwunden war. Allein im Haus mit dem unberechenbaren Beier, der immer noch seinen Rausch in unserem Gästezimmer ausschlief? Bei aller Sympathie für Frau Beier, aber darauf konnte ich gern verzichten.

„Und was hat der Pfarrer in der Kirche gemacht?“, wollte Max es nun doch genauer wissen.

„Was weiß denn ich? Gegenüber dem Wollersheim hat er gestern gemeint, dass es in der Kirche viel zu warm ist. Vielleicht hat er den Schalter für die Sitzheizung gesucht?“

„Er will die Heizung abschalten? Das kann er doch nicht tun!“, brummte Max. „Dann frieren doch die Leute!“

Ich verdrehte die Augen. Um was sich dieser Hund so alles Gedanken machte! Dabei war ich doch diejenige, die zuerst fror! Andererseits hatte er recht. Ich konnte mich noch gut daran erinnern, wie Frau Löffler früher über die kalte Kirche geschimpft hatte und wie energisch sie sich bei Pfarrer Hausmann für eine neue Heizung eingesetzt hatte. Die Sitzheizungsmethode war diskret und wirkungsvoll, wenngleich die Kosten dafür nicht im Haushalt eingeplant waren, wie damals der Bischof bemerkte. Doch Dank unserer Frau Löffler, die einen Basar nach dem anderen organisierte, auf denen sie dann Kuchen, selbst gekochte Marmelade und natürlich diverse ausrangierte Twinsets angeboten hatte, lief die Sache gut an. Binnen kürzester Zeit entwickelte die halbe Gemeinde Ideen, wie sich das nötige Geld beschaffen ließe. Die Jugendgruppe bot kleine Dienstleistungen, wie Gartenpflege und Hilfe im Haushalt, gegen eine Spende an. Und unser Wollersheim tat sich mit Stefan Geißler zusammen und platzierte sogar im Internet einen Spendenaufruf. Immerhin, das Geld kam zusammen und die Gemeinde erfreute sich schon im nächsten Winter an der nagelneuen Sitzheizung, die sich sogar als die preiswerteste Methode der Kirchenbeheizung entpuppte. Eine reguläre Heizung mit Heizkörpern und zu verlegenden Rohren wäre aber auch kaum möglich gewesen und hätte zudem das ganze Bauwerk verschandelt.

Während die Unterhaltung zwischen Max und mir eingeschlafen war, plätscherte die der Menschen im Gastraum auch nur unauffällig vor sich hin. Sicher lag es an der frühen Stunde und dem Schlafmangel. Ich schloss die Augen. Ein Nickerchen nach der kurzen Nacht wäre jetzt nicht das Schlechteste! Plötzlich riss mich ein lauter Knall aus meiner Traumwelt. Max bellte vor Schreck auf und ich ging sofort in Abwehrstellung. Doch es war nur Karl Beier, der seinen Rausch offenbar nur unvollständig ausgeschlafen hatte und nun – Dank fehlender Aufsicht im Pfarrhaus – hierher ausgebüxt war.

„Einen Kurzen und ein Bier!“, forderte er und stürzte sofort auf den Tresen zu. Dass sowohl Herr als auch Frau Geißler mit Kehren und Wischen beschäftigt und außer ihm keine weiteren Gäste anwesend waren, schien er nicht zu bemerken.

„Na, wird es bald?“, polterte er, als Fritz Geißler keinerlei Anstalten machte, ihm das Gewünschte zu servieren.

„Ich geh den Pfarrer holen!“, mauzte ich Max zu, der in Habachtstellung dasaß.

„Gute Idee!“, brummte er, wohl wissend, dass die Geduld seines Herrchens nicht grenzenlos war. Ich rannte zurück in die Kirche und an die Tür des kleinen Nebenraums, wo Pfarrer Winter an einem Schaltbrett hantierte, und maunzte durchdringend. Die Akustik der Kirche tat noch das ihre dazu, so dass meine ohnehin schon kräftige Stimme laut zu hören war. Doch Pfarrer Winter sah nur kurz auf und warf mir einen eisig-distanzierten Blick zu. Wieder maunzte ich. Aber es war völlig sinnlos. Er

reagierte einfach nicht! Seine Ignoranz war regelrecht beleidigend.
Ich überließ Pfarrer Winter seiner Schalttafel und machte mich auf den Rückweg. Dann musste es eben ohne ihn gehen. Bislang, so tröstete ich mich, war es schließlich auch ohne einen Pfarrer Winter in Ringelreuth gegangen. Der Geißler würde sich schon im Griff haben und sich nicht provozieren lassen, wo doch Frau und Sohn daneben standen. Außerdem war die Marga ja auch noch da!
Völlig außer Atem kam ich am Gasthaus an und bekam gerade noch mit, wie Bürgermeister Rabenstein vorfuhr, ausstieg und die Tür hinter sich schloss. Typisch Rabenstein, immer kam er so spät, dass die wirkliche Arbeit nicht mehr an ihm hängenblieb, aber dennoch zeitig genug, um noch als Helfer mit durchzugehen. Da er die Tür fest ins Schloss gezogen hatte, musste ich einen Umweg über die Rückseite des Gebäudes nehmen, deshalb entging mir der Anfang des Geschehens. Aber just in dem Moment, in dem ich meinen Kopf am Tresen vorbeischob, hörte ich den Beier grölen: „Jetzt gib mir den verdammten Jägermeister, Geißler! Und ein Bier!"
Weiter waren sie also noch nicht gekommen. Bewundernswert ruhig stellte sich Fritz Geißler der Situation. Gut, als Gastwirt war er den Umgang mit Betrunkenen gewöhnt. Er beugte sich halb über den Bartresen und versuchte – offenbar nicht zum ersten Mal – Beier zur Vernunft zu rufen: „Karl, du bist immer noch betrunken!

Dabei solltest du deinen Kater ausschlafen, nach dem, was du gestern angerichtet hast. Du bist gerade noch einmal davongekommen. Wenn dein Schutzengel nicht aufgepasst hätte, wäre nicht nur das Fahrrad vom Pfarrer zu Bruch gegangen. Dann wärst du selbst vom Traktor zermalmt worden!“

Doch Karl Beier zeigte sich wenig einsichtig. „Ich will jetzt was trinken! Das ist doch ein Wirtshaus oder nicht?“, erboste er sich.

Nun platzte auch dem Geißler der Kragen. „Es reicht, Karl, du verschwindest jetzt augenblicklich! Sieh zu, dass du Land gewinnst! Hier kriegst du nichts mehr! Heute nicht und später auch nicht, zahl erst mal deine Schulden! Bei der Summe, die du schon hast anschreiben lassen und die ich vermutlich nie im Leben bekommen werde, setze ich dir noch nicht einmal ein Glas Wasser vor. Ende der Durchsage.“

„Au weia“, raunte Max mir zu. „Das gibt Ärger.“

Diese Befürchtung hatte ich auch. Und richtig, Karl Beier gab sich noch lange nicht geschlagen, auch wenn seine Marga nun den ersten Schock überwunden hatte und sich einmischte.

„Karl, komm, lass uns heimgehen!“, flehte sie. Doch Beier schüttelte ihre Hand unwirsch ab.

„Lass mich! Ich will was trinken! Und zwar jetzt! Los, ich will meinen Kurzen!“

Fritz Geißler atmete tief durch, doch ich sah seine Halsschlagader deutlich anschwellen. Allmählich bekam ich es mit der Angst zu tun. Für sein Temperament blieb er zwar immer noch relativ ruhig, wurde nun aber deutlich. „Raus, Karl! Du wirst hier nicht mehr bedient. Ab jetzt hast du bei mir Hausverbot!"

Das letzte Wort knallte wie ein Schuss.

„Du willst mich nicht bedienen, Geißler, du verdammter Halsabschneider?" Beier war nun seinerseits lauter geworden.

„Karl, bitte", flehte Marga Beier und umgriff mit beiden Händen seinen Arm. „Bitte, geh jetzt heim. Wo hast du denn den Schnaps wieder her? Im Pfarrhaus gibt es doch keinen!"

Sie war richtig ratlos, während mir die Ausbeulung in Karl Beiers Hosentasche sofort aufgefallen war. Platz genug für ein oder zwei Flachmänner. Mit Hochprozentigem gefüllt und von ihm bereits heute Morgen konsumiert, erklärten sie seinen Zustand sofort.

„Bitte, Karl, mach es doch nicht noch schlimmer, als es jetzt schon ist!" Marga Beier war sichtlich mit den Nerven am Ende. Weinend klammerte sie sich an ihm fest, doch das schien ihn nicht zu beruhigen, ganz im Gegenteil.

Mit einem gebrüllten „Hau ab, du Heulsuse!" schüttelte er sie unsanft ab. Sie taumelte ein paar Schritte rückwärts, Albrecht Rabenstein griff geistesgegenwärtig zu und verhinderte so, dass sie übel stürzte. Er und Fritz Geißler warfen sich einen Blick zu und näherten sich Karl

Beier dann von beiden Seiten. Beier schien immer noch nicht bereit, ohne alkoholischen Nachschub das Wirtshaus zu verlassen.

„Wenn du noch ein einziges Mal mein Wirtshaus betrittst, werde ich die Polizei rufen, denn das ist Hausfriedensbruch“, stellte Fritz Geißler klar. Nun war es mit seiner Beherrschung endgültig vorbei. Drohend hatte er sich vor Beier aufgebaut. Mit seiner stattlichen Größe und Breite hätte er es mit jedem Profiboxer aufnehmen können, zumindest behauptete das Frau Löffler immer. Karl Beier ging ihm gerade mal bis zur Schulter, war noch dazu schmächtig gebaut. Aber vermutlich verhinderte sein Alkoholpegel einsichtige Gedanken.

„Dann kannst du mal eine Zeit im Knast verbringen. Das wird dich ganz schnell ausnüchtern, du verkommener Säufer!“, polterte Fritz Geißler weiter. Sekundenlang starrten die beiden sich an. Dann griff Beier mit einer Schnelligkeit, die man ihm in seinem Zustand gar nicht zugetraut hätte, nach einer leeren Weinflasche, die noch nicht abgeräumt worden war. Er packte die Flasche beim Hals und schlug das untere Ende schräg gegen die Kante des Bartresens. Scherben flogen herum und was er dann in der Hand hielt, war eine gefährliche Waffe. Mir blieb vor Schreck fast das Herz stehen. Auch Max hielt die Luft an und beobachtete die rechte Hand von Karl Beier ganz genau. Scharf gezackte Glassplitter waren auf Fritz Geißler gerichtet, der Beier schreckensbleich anstarrte.

Als sich sekundenlang nichts tat, griff Max ein. Mit unglaublicher Behändigkeit und ohne zu zögern, überwand er die wenigen Meter bis zur Bar. In seinem Sprung lag die Wucht von achtzig Kilo Bernhardiner, Beier hatte keine Chance. Max sprang ihn halb seitlich, halb frontal an und fegte ihn einfach zu Boden. Es dauerte nur Bruchteile von Sekunden, aber ich wäre fast gestorben vor Angst. Vor meinem geistigen Auge sah ich schon, wie die gezackten Glasspitzen Max die Kehle durchschnitten, und ich kniff ganz kurz die Augen zu. Als ich sie wieder aufmachte, lag Karl Beier am Boden und Max stand über ihm wie der Ururururgroßvater aller Schutz- und Wachhunde. Jetzt hatten auch die Menschen ihre Geistesgegenwart zumindest teilweise wiedergefunden. Albrecht Rabenstein trat mit einem Fuß auf Beiers Handgelenk, damit dieser die Flasche losließ. Nach ein paar Sekunden tat er das auch, jedoch nicht ohne ein derartiges Jammern, dass man meinen konnte, Rabenstein hätte ihm mindestens das Gelenk gebrochen.
„Du widerlicher Säufer, du Verbrecher, du!“, brüllte Fritz Geißler mit tomatenrotem Gesicht. Albrecht Rabenstein trat einen Schritt zurück und packte Beier an der Schulter, Fritz Geißler nahm widerwillig seinen freien Arm und gemeinsam brachten sie ihn wieder in die Senkrechte.
„Was meinst du“, fragte ich Max, der, noch immer aufgeregt hechelnd, zu mir zurückgekommen war, „was machen die jetzt mit ihm?“

„Wir müssen den Pfarrer zu Hilfe rufen, bevor die Situation noch weiter eskaliert“, sagte Max, der wohl den gleichen Gedanken hatte wie ich einige Minuten zuvor. „Er muss für Ruhe sorgen. Immerhin hat er gestern Nachmittag auch dafür gesorgt und Karl Beier im Pfarrhaus untergebracht.“
Meine Gedanken überschlugen sich. Von mir würde der Pfarrer sich ja auf keinen Fall beeindrucken lassen, so viel war klar. Da kam mir eine Idee! „Los, komm, Dicker!“, feuerte ich Max an, wir hatten schließlich keine Zeit zu verlieren. Wir rannten hinüber zum Pfarrhaus. Anhand des dünnen Lichtscheins machte ich unseren Pfarrer im Arbeitszimmer aus. Vermutlich hing er wie so oft am Telefon und löste irgendein Problem. Aber was es auch sein mochte, nun gab es eine Angelegenheit von deutlich höherer Priorität, die seine Aufmerksamkeit erforderte.
Ich sprintete die fünf Haustürstufen hinauf. „Los jetzt, Max. Stell dir vor, du wärst ein Wolf!“
Er legte seinen riesigen Kopf in den Nacken und stieß das schauerlichste, längste und lauteste Geheul aus, das ich jemals gehört hatte. Es hörte sich wirklich nach Wolf an. Allerdings nach einem, der in einer leeren Mülltonne feststeckt und heult. Und tatsächlich tat Max' Darbietung ihre Wirkung. Ich sah die Silhouette von Pfarrer Winter am Fenster.
„Los, weiter und lauter!“, zischte ich Max zu. Der lief nun zu Hochform auf, jaulte und kläffte, was das Zeug

hielt. Es klappte, im nächsten Moment öffnete Pfarrer Winter das Fenster und beugte sich heraus. „Max? Was ist denn passiert?“ Wunderbar, genau so hatte ich mir seine Reaktion vorgestellt. Ich gab Max ein Zeichen, worauf dieser wieder anfing, wolfsartig zu heulen. Dabei lief er aufgeregt vor und zurück. Pfarrer Winter knallte nach einer Schrecksekunde das Fenster zu und setzte sich in Bewegung – sehr gut! Vermutlich hätte nicht viel gefehlt und er wäre die Treppe hinuntergefallen, so musste er gerast sein. Dann stürzte Pfarrer Winter – in froschgrünem Jogginganzug und Hausschuhen – aus der Tür und auf Max zu. Mich sah er nicht einmal!

„Max, was hast du denn? Komm, beruhige dich doch!“

Doch Max tat nichts dergleichen, er bellte und heulte und hechelte. Vor und zurück und wieder auf den Pfarrer zu. Dann begriff dieser endlich, was Max von ihm wollte.

„Willst du, dass ich mitkomme, mein Freund?“ Ach, mit Max redete er, stellte ich einigermaßen grimmig fest. Während er mich weiterhin ignorierte. Dabei war das mein schöner Plan! Aber egal, Zeit, mich darüber zu ärgern, hatte ich hinterher noch genug. Jetzt ging es erst einmal um Karl Beier.

Max hetzte Richtung Wirtshaus, weiter kläffend und sich stetig nach uns umsehend. Und Pfarrer Winter setzte sich nun auch in Bewegung und folgte ihm rennend, also sprintete ich ebenfalls los. Am Gasthaus angekommen,

stieß Pfarrer Winter die Eingangstür auf und polterte mit Max im Schlepptau, der endlich die Jaulerei eingestellt hatte, in die Wirtsstube. Schlagartig hatten sie die Aufmerksamkeit aller Anwesenden. Erschöpft ließ Max sich zu Boden fallen. Auch ein Kraftpaket wie er kam irgendwann an seine körperlichen Grenzen und nach dem Schreck von vorhin und der endlosen Kläfferei eben, war diese bei ihm nun wohl erreicht. Doch sein Herrchen deutete die Situation leider völlig falsch.
„Was ist mit ihm?“, schrie Geißler. „Hat er vorhin doch etwas abgekriegt? Max? Max!“
Fritz Geißler war außer sich, Pfarrer Winter stand daneben und blickte irritiert in die Runde, nicht wissend, um wen er sich zuerst kümmern sollte. Dann kam auch noch Stefan angeflitzt, warf sich vor Max zu Boden und streichelte ihn. Max rappelte sich unter den ängstlichen Blicken der Umstehenden langsam hoch. Dann setzte er sich auf sein Hinterteil und hechelte die Anwesenden mit heraushängender Zunge freundlich an.
„Was hat er denn?“, fragte Fritz Geißler, beugte sich zu Max und streichelte ihn zärtlich. Die ganze Wut, die eben noch aus seinen Augen quoll, war augenblicklich tiefer Besorgnis gewichen. Ich kämpfte mit ein paar klitzekleinen Neidgefühlen, doch ich gönnte Max die Liebe seines Herrchens von Herzen, auch wenn mir dieser Anblick deutlich vor Augen führte, dass es noch gar nicht so lange her war, dass es auch einen Menschen gab, dem ich

genauso viel bedeutet hatte. Frau Löffler war noch damit beschäftigt, die arme Marga Beier zu trösten, sonst hätte ich mich an ihre Beine geschmiegt. Auf einmal vermisste ich meine Streicheleinheiten ganz schmerzlich.
Pfarrer Winter ließ nun seinen Blick über die Runde schweifen. Da sah er Karl Beier, neben ihm Albrecht Rabenstein, der sehr böse dreinschaute, und in der Ecke die schluchzende Marga Beier, die von unserer Frau Löffler und Frau Geißler getröstet wurde. Die Wirtsfrau hatte das Herz am rechten Fleck, selbst wenn der Karl hier für Ärger sorgte, so hätte sie das doch nie seiner Frau vorgeworfen.
„Was ist hier eigentlich los?“, fragte Pfarrer Winter dann verwundert. „Herr Beier, ich dachte, Sie liegen in unserem Gästezimmer! Könnte mich bitte mal jemand aufklären, was das zu bedeuten hat?“
Albrecht Rabenstein fasste sich zuerst und berichtete, was geschehen war. „Er ist mit einer abgebrochenen Flasche auf den Fritz losgegangen!“, beendete er seine Schilderung.
„Das ist Hausfriedensbruch, weil ich ihn vorher schon hinausgeworfen und Hausverbot verhängt habe“, erklärte nun Fritz Geißler. „Außerdem Bedrohung und tätlicher Angriff. Ich schätze mal, mit fünf Jahren ohne Bewährung ist er noch gut bedient.“
Frau Beier schluchzte laut auf. „Aber Fritz“, flehte sie. „Das kannst du doch nicht machen! Das würde ihn doch

endgültig verderben!“ Frau Löffler legte ihr einen Arm um die Schulter und redete leise und beruhigend auf sie ein.

„Das hätte er sich eben vorher überlegen sollen, Marga!“, erwiderte Fritz Geißler knapp. Mit Nachsicht war von seiner Seite nicht zu rechnen, so viel war klar. „Das war kein Unfug mehr, was er sich gerade geleistet hat. Wenn Max ihn nicht angesprungen hätte, wäre ich jetzt vielleicht tot! Er hätte mich umgebracht und hinterher noch mildernde Umstände bekommen, weil er betrunken war, aber das ist bei ihm ja schon lange der Normalzustand! Wenn du es nicht schaffst, seinem Treiben ein Ende zu machen, dann muss ich es eben tun!“

Pfarrer Winter sah die abgebrochene Flasche auf dem Boden neben dem Bartresen liegen. „Herr Beier“, sagte er kopfschüttelnd. „Ich kann kaum glauben, dass Sie Herrn Geißler damit angreifen wollten.“ Er richtete seinen Blick auf Beier. Es war, als würde er ihn mit den Augen festnageln.

„Herr Beier“, redete er weiter. „Sie sehen doch ein, dass es so mit Ihnen unmöglich weitergehen kann, oder? Sie haben sich nicht mehr unter Kontrolle! Und haben Sie eigentlich jemals daran gedacht, was Sie Ihrer Frau mit Ihrem rücksichtslosen Verhalten zumuten?! Gestern waren Sie kurz davor, sich selbst umzubringen, auch wenn es nur ein ‚Unfall‘ gewesen wäre. Und jetzt gehen Sie auf Herrn Geißler los und hätten ihn beinahe verletzt! Von

dem, was Max hätte passieren können, will ich gar nicht anfangen!"
Die Stimme des Pfarrers war lauter als gewöhnlich und mir schien, dass ihm die Worte wirklich von Herzen kamen. Er war zutiefst betroffen von Beiers Verhalten und den möglichen Folgen. Überraschenderweise schien etwas davon bei Beier anzukommen.
Der senkte den Kopf und begann plötzlich zu schluchzen. Fritz Geißler sah betreten weg. Ebenso Stefan und Marga Beier. Sie schämte sich für ihren Karl, das stand ihr deutlich ins Gesicht geschrieben, die Ärmste!
„Aber er muss bestraft werden!", mischte sich nun Albrecht Rabenstein ein. „Ich bin hier der Bürgermeister und ich sorge dafür, dass dieser versoffene Gauner bestraft wird!"
Pfarrer Winter ging ein paar Schritte auf Rabenstein zu. Seine dunkelblauen Augen sprühten geradezu vor Eifer. „Helfen, Herr Bürgermeister, helfen! Nicht strafen! Wir stehen zusammen, hier in unserer Gemeinde, und ich glaube, Sie sind anständig genug, einen Hilfesuchenden nicht abzuweisen, oder?"
Rabenstein schüttelte betreten den Kopf. „Nein, natürlich nicht, Herr Pfarrer!", murmelte er.
Ich glaube, in diesem Moment war ich drauf und dran, mich in Pfarrer Winter zu verlieben. Nicht wie in Pfarrer Hausmann natürlich, so würde ich keinen Menschen mehr lieben – aber genug, um ihm noch eine Chance zu

geben. Wie er da stand und den Rabenstein in die Schranken wies, hatte er etwas so unglaublich Sympathisches. So viel Warmherzigkeit hatte ich ihm gar nicht zugetraut, schade nur, dass er mich daran so wenig teilhaben ließ, wo ich ihm doch noch nicht mal etwas getan hatte.
„Jawohl“, meldete sich jetzt auch Frau Löffler zu Wort. „Man muss Karl helfen. Früher war er ja auch in Ordnung!“
Pfarrer Winter nickte. „Jetzt kommen Sie wieder mit, Herr Beier“, entschied er und fasste ihn am Arm. „Sie kommen mit mir zurück ins Pfarrhaus, schlafen sich aus und dann reden wir in aller Ruhe über alles.“
Selbst Fritz Geißler nickte nun zur Bestätigung, es war unglaublich. Ich sah zu Frau Löffler hinüber. Ihr Lächeln drückte ziemlich genau das aus, was ich fühlte. Und diese innere Überzeugung wurde noch stärker, als sie den Arm um Marga Beier legte und zu ihr sagte: „Alles wird gut. Pfarrer Winter kümmert sich darum.“
Frau Beier schniefte noch ein letztes Mal auf und wischte sich dann die Tränen ab. „Wenn du das sagst, Anna“, meinte sie nur.

Während Frau Löffler den Geißlers weiter dabei half, ihre Wirtsstube von den Überbleibseln des Faschingsballs zu befreien, weinte sich Marga Beier trotz mehrerer Tassen Kaffee und Trostplätzchen die Augen aus. Und ich machte mich auch auf den Weg zurück ins Pfarrhaus. Ich hörte

schon als ich durch meine Katzenklappe schnurrte, wie unserer Pfarrer auf Beier einredete und ihm gegen alle Widerstände seine eiserne Reserve abnahm.
„Die brauchen Sie nicht mehr, vertrauen Sie mir!“, beschwor er ihn. Ich flitzte die Treppen hoch. Karl Beier lag wieder im Gästezimmer und schien erneut in einen Ausnüchterungsschlaf gefallen zu sein. Pfarrer Winter war in seinem Arbeitszimmer verschwunden. Die Tür stand offen und unschlüssig wanderte ich eine Weile davor auf und ab. Einerseits wollte ich gern wieder auf meinen Lieblingsplatz, außerdem interessierte es mich, mit wem er telefonierte. Andererseits hatte er mich des Platzes verwiesen. Ich begab mich in Lauerstellung. Pfarrer Winter griff erneut nach dem Hörer, kaum, dass er das eine Gespräch beendet hatte. Und nach einiger Zeit kam ich dahinter, dass er mit Entzugskliniken telefonierte! Er ließ seinen hehren Worten sogleich Taten folgen – der verlor wirklich keine Zeit!
„Schön, dann kann Herr Beier also bei Ihnen antreten? – Ah, das ist fein. – Ja, um die Kostenübernahme kümmere ich mich!“
Kaum hatte Pfarrer Winter sein Telefonat beendet, blickte er auf. Unsere Blicke kreuzten sich, wie bereits schon einmal. Doch wieder war ich diejenige, die unterlag. Mit einem Tritt knallte er mir die Tür vor der Nase zu. Traurig und zutiefst beleidigt zog ich davon und trabte in den Keller, aber selbst das Monster war ausgeflogen. Kunst-

stück, für Monster wurden ja im Pfarrhaus sogar Ausnahmen von der Heizkosteneinsparungsregel gemacht. Nur für mich, die angestammte Pfarrhauskatze, gab es weder Zuneigung noch Streicheleinheiten, von Ausnahmen ganz zu schweigen. Um nicht noch mehr in dieser Tristesse zu versinken, machte ich mich doch noch einmal auf den Weg ins Wirtshaus. Ich musste Max jetzt sehen und fand ihn im hinteren Flur. Ich berichtete ihm, was ich gerade mit dem Pfarrer erlebt hatte und dass das Monster auch nicht mehr in seiner Kiste hockt.

„Monster müsste man sein!", flüsterte ich den Tränen nah. „Dann würde sich der Pfarrer auch um mich kümmern!"

Max tröstete mich, so gut er konnte, es war schon deutlich nach Mittag, als ich mich wieder auf den Heimweg machte und das auch nur, weil mir der Magen knurrte und ich mir von Frau Löffler, die bereits vor einer geraumen Weile das Wirtshaus verlassen hatte, eine besonders leckere Mahlzeit versprach. Also verabschiedete ich mich von Max. Ich gab ihm einen Kopfstupser. Und dann noch einen und noch einen.

„Max, das mit dem Beier, das haben wir richtig toll hingekriegt", sagte ich, vielleicht auch ein bisschen, um mir selbst Mut zu machen. „Wir können stolz auf uns sein."

Max knurrte zur Bestätigung. „Ja, Gina, das haben wir toll hingekriegt! Und für dich und den Pfarrer lassen wir uns auch noch was einfallen!"

KONRAD WINTER DECKT EIN GEHEIMNIS AUF

Am darauffolgenden Morgen schlief ich aus. Es war der letzte Sonntag vor Anbruch der Fastenzeit. Von Karl Beier war noch nichts zu sehen. Entweder war sein Rausch so umfassend, dass er fast vierundzwanzig Stunden benötigte, um ihn zu verarbeiten oder er traute sich nicht mehr aus dem Gästezimmer heraus.

Frau Löffler werkelte emsig in der Küche und schob sich dabei mit leisem Schimpfen an den diversen Behältern zur Abfalltrennung vorbei, die ihr den Weg versperrten. Zur Feier des Tages trug sie ein erdbraunes Twinset aus edlem Mohair unter ihrer Schürze. Auch Pfarrer Winter war schon auf den Beinen und zu meinem großen Erstaunen hörte ich ihn oben leise, aber unverkennbar fröhlich, vor sich hin pfeifen. Gleich würde der Gottesdienst beginnen und so hatte ich noch die Gelegenheit, mich anzuschließen. Schließlich war ich mit meiner Mission, unseren Pfarrer besser zu verstehen, noch längst nicht am Ende.

Die Kirchgänger waren dick vermummt an diesem Morgen und ihre Schritte knirschten laut auf der Schneedecke. Vor dem Kirchenportal bildeten sich kleine Grüppchen, dann läuteten die Glocken, und als Hugo Bottling

das Eingangslied intonierte, eilten die letzten mit vor Kälte roten Nasen in das Kircheninnere. Schnell sprang ich durch den Türspalt hinterher. Sofort fiel mir auf, dass etwas anders war als sonst. Auch übertönte die laute Orgelmusik nicht das allgemeine Gemurre. Nur langsam nahmen die Besucher ihre Plätze ein, standen wieder auf, unterhielten sich. Als ich den letzten Schnee von meinen Pfoten beseitigt hatte, merkte ich es auch.
„Kalt ist es hier heute!“, schimpfte Fritz Geißler. Er befühlte seinen Sitz und schüttelte den Kopf. „Eiskalt! Vielleicht ist die Heizung kaputt?“, mutmaßte er.
Ich ahnte Fürchterliches! Hatte ich unseren Pfarrer nicht an der Sicherung herumwerkeln sehen? Vielleicht hatte er die Sitzheizung ja nur versehentlich abgeschaltet, weil er etwas ganz anderes tun wollte und er den falschen Knopf erwischt hatte? Nein, mein Gefühl sagte mir, dass genau diese Masche zu dem Spar- und Sammeleifer unseres Pfarrers passte. Brr, das konnte ja heiter werden!
Irgendwie standen die Leute den Gottesdienst durch, jedoch blieb den wenigsten die eindruckvolle Predigt unseres Pfarrers in Erinnerung. Körperliche Befindlichkeiten gingen eben vor. Dabei war er wirklich gut. Mitmenschlichkeit und christliche Nächstenliebe. Ganz lebensnah sprach er darüber. Ohne Namen zu nennen, redete er über Rachegefühle, über vorschnelles Strafen, über die Chance der Vergebung und der Mitmenschlichkeit. Außerdem sprach er längere Zeit über das Sakrament der Versöhnung.

„Furchtbar!“, schimpfte Constanze Heimerich, unsere Pastoralreferentin, als sie nach dem Gottesdienst zu Frau Löffler in die Küche kam. „Wenn die Heizung ausfällt, sollten die Leute zumindest vorgewarnt werden, damit man ein Kissen mitnehmen kann. Wenn ich das gewusst hätte …“ Sie schniefte in ein großes Taschentuch. „Bestimmt werde ich krank, ich spüre es in allen Knochen. Ich bekomme eine Erkältung und höchstwahrscheinlich auch noch eine Blasenentzündung!“
Marga Beier erschien ebenfalls kurz in der Küche und steuerte dann das Gästezimmer an, um ihren Mann zu wecken. Sie hatte ihm Waschzeug und frische Kleidung mitgebracht und wirkte recht gelassen, wenn man bedachte, was sie in den letzten achtundvierzig Stunden mit ihrem Mann mitgemacht hatte. Kurz darauf gesellten sich auch noch Albrecht Rabenstein und Michael Wollersheim zu der kleinen Versammlung.
„Ich weiß ja nicht“, meinte Rabenstein, „ob die Sparmaßnahmen wirklich so weit getrieben werden müssen, dass man sich während des Gottesdienstes den Hintern abfriert.“
Constanze Heimerich schniefte zustimmend. „Sparmaßnahmen?“, wunderte sie sich. Doch Rabenstein ging nicht darauf ein, dafür war er viel zu sauer.
„Zumindest hätte er den Kirchenvorstand informieren können“, fuhr Rabenstein fort. „Ich meine –“
Die Tür ging auf und Pfarrer Winter kam herein. Er warf

einen Blick in die Runde. Bis auf Frau Löffler saßen alle um den Küchentisch herum.

„Finden die Gemeinderatsversammlungen jetzt in der Küche statt?“, fragte er mit dem Anflug eines Lächelns. „Dann brauchen wir den Versammlungsraum ja nicht mehr heizen.“

Constanze Heimerich schniefte wieder laut. Wie so oft ergriff Albrecht Rabenstein das Wort.

„Das ist keine anberaumte Versammlung, Herr Pfarrer. Eher ein zwangloses Treffen. Es hat sich zufällig ergeben. Aber da wir gerade hier sind: Es wäre nett gewesen, wenn Sie sich vor dem Abstellen der Heizung mit dem Kirchenvorstand besprochen hätten.“ Er lehnte sich zurück.

Ein Ausdruck von Betroffenheit huschte über Pfarrer Winters Gesicht.

„Sie wissen doch sicher alle, dass Sparmaßnahmen unumgänglich sind, meine Herrschaften“, sagte er. „Durch die Weltwirtschaftskrise ist die Finanzkraft unserer Kirche beträchtlich in Mitleidenschaft gezogen worden.“ Er machte eine Kunstpause und ließ seinen Blick über die Anwesenden schweifen. Die wichen ihm jedoch konsequent aus. An Zustimmung war nicht zu denken.

Frau Löffler setze scheppernd den Deckel auf einen Topf.

„Ja, das mag schon alles sein“, sagte Küster Wollersheim jetzt. „Aber einfach so, ohne die Leute vorzuwarnen, das halte ich für keine gute Idee.“

„Ja“, räumte Pfarrer Winter jetzt ein. „Gut, ich gebe Ihnen recht, ich hätte es vorher mit dem Kirchenvorstand besprechen sollen.“ Jetzt sah er wirklich ein wenig zerknirscht aus.
„Und außerdem“, sagte Constanze Heimerich, „reißen es die eineinhalb Stunden, die der Gottesdienst dauert, doch wirklich nicht raus. Es ist ja nicht so, dass man die ganze Kirche heizen würde, eben nur gerade die Sitze. Deshalb wurden sie ja angeschafft!“
„Gut, so gesehen ...“, machte Pfarrer Winter so etwas wie einen halben Rückzieher. „Lassen Sie uns also auf der nächsten Kirchenvorstandssitzung noch mal darüber sprechen“, bot er an.
Das allgemeine Gemurmel deutete ich als Zustimmung. Doch so leicht gab sich unser Pfarrer dann doch nicht geschlagen. In ihm brodelte es, so gut kannte ich ihn mittlerweile. Sparen war der eine Aspekt, doch dann war da ja noch sein persönliches Lieblingsthema.
„Es ist dennoch bedauerlich, dass Sie die globalen Zusammenhänge nicht sehen! Unser Energieverbrauch spielt eine große Rolle. Vielleicht sollten wir einmal über Maßnahmen zur Wärmedämmung nachdenken, wie wäre das denn? Vorschläge sind ausdrücklich erbeten! Ich bin doch kein verbohrter Fanatiker, der durch nichts zu überzeugen ist, auch wenn das einige von Ihnen glauben! Umweltschutz geht jeden Christen an, genau wie Mitmenschlichkeit. Lassen Sie uns doch gemeinsam eine

Lösung finden, mit der wir unsere Umwelt und die Haushaltskasse der Gemeinde schonen!" Jetzt war der Pfarrer so richtig in seinem Element.

„Ach, und wie wird dann wohl unsere Kirche hinterher aussehen?", fragte Michael Wollersheim trocken. „Ich meine, nach den Maßnahmen zur Wärmedämmung, wenn sie in Styropor verpackt ist."

„Genau", schaltete sich nun auch Albrecht Rabenstein ein. „Und unsere wunderschönen Buntglasscheiben werden dann wohl durch energiesparende Doppelfenster ersetzt?"

„Und die Krönung sind dann diese äußerst attraktiven Solardinger da auf dem Dach", meinte Frau Löffler mit einer Art trockenem Galgenhumor.

„Panels, Frau Löffler", sagte Pfarrer Winter genervt. „Solarpanels. Und bitte, meine Herrschaften, es wäre schön, wenn Sie die Angelegenheit ein wenig ernster nehmen würden."

Die Diskussion wurde unterbrochen, als Marga Beier in die Küche kam. „Herr Pfarrer Winter", bat sie. „Mein Mann würde gerne mit Ihnen sprechen."

Das Gespräch fand unter acht Augen im Wohnzimmer statt, denn natürlich nahm ich daran teil, außerdem Pfarrer Winter und das Ehepaar Beier. Ich war zwar nicht dazugebeten worden, auf den Gedanken kam natürlich niemand, aber ich fragte ja auch sonst nicht um Erlaubnis. Deshalb ging ich einfach mit und sprang aufs Fenster-

brett, als wollte ich beobachten, was draußen auf der Straße vor sich ging. Reine Tarnung!
Karl Beier sah deutlich besser aus als am Tag zuvor, aber der Schrecken über das, was er sich dieses Mal geleistet hatte, stand ihm ins Gesicht geschrieben. Bleich und hohlwangig fügte er sich in das Geschehen und wirkte sogar ein bisschen reumütig.
„Es tut mir leid“, stieß Karl Beier hervor. „Ich kann gar nicht sagen, wie sehr ich mein Verhalten bedauere.“ Er hielt den Kopf gesenkt und zum ersten Mal seit Monaten kaufte sogar ich ihm seine Reue ab. Er schien es ernst zu meinen.
„Sie sehen ein, dass es so nicht weitergehen kann, Herr Beier, oder?“ fragte Pfarrer Winter mit leiser, mitfühlender Stimme. „Solange Sie nicht aufhören zu trinken, sind Sie eine Gefahr für sich selbst und andere. Wenn Max Sie nicht im entscheidenden Moment angesprungen hätte, wäre Fritz Geißler jetzt vielleicht tot – und Sie in Untersuchungshaft!“
Bei dieser Vorstellung schluchzte Marga Beier laut auf. Karl Beiers Hände zitterten unkontrolliert. „Das wollte ich doch nicht!“, sagte er mit bebender, unsicherer Stimme. „Ich war betrunken! Ich wusste nicht mehr, was ich tat. Selbst jetzt ist meine Erinnerung daran so undeutlich, als wäre es ein Traum gewesen.“
„Aber Sie wissen doch, wie Sie auf Alkohol reagieren“, sagte Pfarrer Winter mit ruhiger, fester Stimme.

„Ja, aber ich kann nicht aufhören“, flüsterte Karl Beier. „Ich habe solche Angst!“ Die letzten Worte waren kaum noch zu verstehen.
Pfarrer Winter überlegte eine Weile, bevor er weitersprach. „Zu allererst müssen Sie zum Entzug. Anschließend werden Sie eine Langzeittherapie brauchen. Und vermutlich für den Rest Ihres Lebens Selbsthilfegruppen wie die Anonymen Alkoholiker. Aber davor müssen Sie keine Angst haben, Herr Beier. Sie sind nicht der einzige Mensch, der alkoholabhängig ist. Alkoholismus ist eine Krankheit. Man kann sie vielleicht nicht heilen wie eine Grippe, aber behandeln! Und Sie haben Menschen in Ihrer Umgebung, die Ihnen noch eine Chance geben!“ Dabei sah er Marga Beier aufmunternd an.
Karl Beier schüttelte den Kopf. „Nein“, sagte er. „Das meine ich nicht.“
„Was dann? Was liegt Ihnen so schwer auf der Seele?“, fragte Pfarrer Winter.
„Ich habe solche Angst! Sie wissen nicht, wie das ist! Niemand weiß, wie das ist, wenn man mit einer derartigen Angst leben muss! Nur wenn ich betrunken bin, verschwindet sie für kurze Zeit, aber sobald ich nüchtern werde, kommt sie wieder!“ Er schlug sich die Hände vors Gesicht und schluchzte.
Pfarrer Winter und Marga Beier wechselten einen Blick. Sie zuckte ganz leicht mit den Schultern, offenbar hatte sie keine Ahnung, wovon ihr Mann da sprach.

„Wovor hast du denn Angst, Karl?“, fragte sie ihn sanft und legte ihre Hand auf seinen Arm. „Rede mit mir! Du hast nie gesagt, dass du vor irgendetwas Angst hast.“
Karl Beier wischte sich übers Gesicht. „Mein Bruder Alfred ist vor zwei Jahren gestorben. Er war 57 und hatte einen Herzschlag. Ganz plötzlich.“
Mit weit aufgerissenen Augen sah Marga Beier ihren Mann an. „Ja, ich weiß“, sagte sie. „Das war ein schlimmer Schlag für uns alle. Und nach Alfreds Beerdigung hast du dich betrunken. Wenn ich so zurückdenke“, und nun wurde sie ganz nachdenklich, „hat es dann auch angefangen.“
„Er war 57“, wiederholte Karl Beier. „Genau wie unser Vater. Der ist auch mit 57 an einem Herzschlag gestorben – ohne irgendeine Vorwarnung!“
Pfarrer Winter nickte. „Und Sie sind jetzt 54, Herr Beier“, sagte er.
„Ja!“, schrie Beier, und dann brach sein ganzes lang unterdrücktes seelisches Leid in wilden Schluchzern aus ihm heraus. „Und bei meinem Onkel, dem Halbbruder meines Vaters, war es genauso. Der war zwar schon 59, aber das ist ja egal. Wissen Sie, wie das ist, ständig mit dieser Angst zu leben, mit dieser Vorstellung, dass der Tod hinter jeder Ecke lauert? Sie sind alle im Schlaf gestorben! Ich habe Angst, einzuschlafen. Ganze Nächte hindurch habe ich neben dir wach gelegen, Marga! Die Angst wurde immer schlimmer, sie begleitete mich auf Schritt und Tritt.“

„Und um die Angst in Schach zu halten, haben Sie zu trinken angefangen", sagte Pfarrer Winter.
„Ja! Aber sobald ich wieder nüchtern war, kam die Angst zurück!"
Marga Beier beugte sich zu ihrem schluchzenden Mann und nahm ihn in den Arm. „Aber warum hast du denn nicht mit mir darüber gesprochen, Karl?", fragte sie und begann nun ebenfalls zu weinen. Er stieß sie nicht weg, wie ich es sonst oft beobachtet hatte, im Gegenteil. Er flüchtete sich in ihre Arme und sie weinten gemeinsam. Vielleicht war ja doch noch nicht alles verloren bei den beiden.
Pfarrer Winter zog sich diskret zurück. Ich huschte zwischen seinen Beinen durch und folgte ihm, als er hinauf in sein Arbeitszimmer ging. Natürlich durfte ich nicht mit ihm hinein, aber vom Flur aus hörte ich jedes Wort, das er bei seinen beiden Telefonaten sprach. Ich lauschte noch eine Weile und hinterher war mir klar, dass sich um Karl Beier wohl niemand mehr würde sorgen müssen. Pfarrer Winter hatte die Sache in die Hand genommen.

Am Nachmittag – natürlich waren alle Besucher längst gegangen, auch die Eheleute Beier hatten sich verabschiedet – saß ich bei Frau Löffler in der Küche, als der Pfarrer dazukam.
„Möchten Sie einen Tee, Herr Pfarrer?" Frau Löffler hatte ihr braunes Mohair-Twinset gegen ein schrill pinkfarbenes getauscht, ein eindeutiges Indiz für gute Laune.

„Ja, bitte.“ Er legte einen Ordner auf den Küchentisch und setzte sich.
„Vielleicht etwas Gebäck dazu?“, fragte Frau Löffler hoffnungsvoll.
„Danke, Frau Löffler. Zwei Scheiben Zwieback reichen mir völlig.“
„Wie Sie wünschen, Herr Pfarrer.“ Sie servierte ihm Tee und Zwieback und setzte sich dann zu ihm an den Tisch.
„Ich wollte etwas mit Ihnen besprechen“, begann Pfarrer Winter. „Und zwar geht es um die Sparmaßnahmen“, sagte er und klappte den Ordner auf.
Mir wurde irgendwie seltsam, während der Pfarrer die einzelnen Posten der Ausgaben für den Haushalt mit Frau Löffler erörterte. Er schlug vor, vorrangig im Discounter einzukaufen und die Benützung des Autos auf das Allernotwendigste zu beschränken. Frau Löffler gefielen die Vorschläge nicht wirklich, sie nahm sie brummelnd zur Kenntnis. Mir wurde schon regelrecht heiß im Fell – ich wartete darauf, dass Pfarrer Winter auch noch mein Katzenfutter einsparen wollte! Was sollte ich dann tun? Etwa Mäuse jagen? Nie und nimmer! Eher würde ich bei Max im „Roten Ross“ speisen, da gab es immer reichlich Futter, und mein bester Freund würde mich nicht hungern lassen. Außerdem war ich ziemlich sicher, dass sich Frau Löffler in diesem Punkt querstellen würde. Vielleicht hatte Pfarrer Winter das ja geahnt, auf jeden Fall erschien der Punkt „Katzenfutter“ nicht auf der Tagesordnung.

Im Endeffekt hatte er Frau Löffler überzeugt, zumindest ansatzweise.
„Na gut, von mir aus", brummelte sie. „Aber wir können das nicht in der Küche stehen lassen." Sie wies auf die Behälter mit Flaschen, Dosen, Verpackungsmüll und Altpapier. „Ich muss mich auch noch bewegen können."
„Gut, das sehe ich ein." Pfarrer Winter schien kompromissbereit zu sein. Am Schluss hatten die beiden einen Vergleich ausgehandelt, auf den die UNO stolz gewesen wäre.
„Bitte, versuchen Sie mich zu verstehen, Frau Löffler", erklärte Pfarrer Winter, nachdem sie gemeinsam die Sammelbehälter in den Keller gebracht hatten. „Wo immer ich Verschwendung sehe, muss ich handeln. Sagte nicht schon der heilige Augustinus sinngemäß, dass jeder, der mehr hat, als er braucht, damit einem anderen etwas wegnimmt? Ich bin Pfarrer, Frau Löffler, und ich habe das Elend in Afrika gesehen, glauben Sie mir, dagegen sind unsere Probleme hier in der Gemeinde gar nichts!"
Frau Löffler nickte verstehend. „Da haben Sie sicher Recht, Herr Pfarrer. Und glauben Sie mir, ich bin für jede gute Sache. Nur wir sollten nicht übertreiben! Wenn Sie eine gute Idee haben, werden Sie die Leute auch davon überzeugen können."
Pfarrer Winter nickte zustimmend und gab Frau Löffler die Hand. „Wir raufen uns noch zusammen, wir beide!"
Plötzlich sah er auf die Uhr und zuckte zusammen. „Ich muss zum Bahnhof", sagte er. „Karl Beier darf den Zug

nicht verpassen, die Klinik nimmt ihn heute noch auf, ausnahmsweise. Wenn er nicht kommt, wartet er Monate, das hält er nicht durch. Ich muss mich beeilen!“
Er raffte seinen Parka, Mütze und Handschuhe vom Garderobenständer und war schon halb aus der Tür.
„Warten Sie!“, rief Frau Löffler und riss nun ebenfalls Hut und Mantel an sich. „Ich fahre Sie hin! Schließlich ist das ein Notfall! Dann schaffen wir es auch noch!“

Der Rosenmontag kam und brachte Sonnenschein bei klirrender Kälte und einen Besucher. Am frühen Nachmittag knirschte ein großer Jeep die Dorfstraße entlang und hielt vor dem Pfarrhaus. Die Karosse war ziemlich schmuddelig, voller Schlammspritzer und über und über mit Streusalz verkrustet. Die Tür wurde geöffnet, und ein Mann stieg aus. So groß und schlank erinnerte er mich an jemanden. Er trug eine dicke Lederjacke und einen Schlapphut und kam zielsicher auf unsere Haustür zu. Er hatte schon die Hand zum Klingelknopf erhoben, da sah er mich. Er bückte sich vor dem Fenster bis sein Kopf auf gleicher Höhe mit mir war. „Ja, wen haben wir denn da?“, fragte er, blinzelte mich an und sah gleich wieder weg, genau wie es der kätzischen Etikette entspricht. Ein Mann mit Manieren, dachte ich. Was will der nur hier? Etwa ein Vertreter für Katzenstreu und Flohhalsbänder? Er schäkerte noch ein Weilchen mit mir und ging dann doch zur Haustür, wo sich mittlerweile Pfarrer Winter eingefunden hatte.

Die beiden begrüßten sich mit Schulterklopfen und lautem Lachen und jetzt war mir auch klar, wo die entfernte Ähnlichkeit herrührte, die mir auf den ersten Blick aufgefallen war. Die beiden waren Brüder! Jetzt kam auch noch Frau Löffler dazu, die beiden wurden einander vorgestellt und aus irgendwelchen Gründen standen alle drei noch immer unter der offenen Haustür, was Pfarrer Winter überhaupt nicht gefiel. Er schob seinen Bruder samt Frau Löffler in den Flur. Ich nutzte die Gunst des Augenblicks und näherte mich. Dann sah er mich an. Er ging in die Hocke und streckte die Hand nach mir aus. „Wie heißt du denn, meine Hübsche?", fragte er.
„Das ist Gina", stellte Frau Löffler mich vor. „Unsere Pfarrhauskatze!"
Ich näherte mich seiner Hand, schnupperte kurz und legte dann mein Köpfchen in die gewölbte Handfläche. Ich schnurrte, so laut ich konnte. „Na, du bist aber eine Süße", sagte er. „Eine richtige Schönheit, Gina."
Ich kam noch näher und rieb meinen ganzen Körper an seinem Knie. Einmal warf ich einen Blick hoch. Frau Löffler stand lächelnd da, die Arme vor der Brust verschränkt, und blickte liebevoll zu mir herab. Pfarrer Winter machte ein halb skeptisches, halb verdrießliches Gesicht.
„Eine Pfarrhauskatze hast du also, Brüderchen? Na, wer hätte das gedacht", lachte der Besucher und machte mich damit prompt neugierig.
„Aber kommen Sie doch erst einmal herein, Herr Dok-

tor", sagte Frau Löffler. „Der Kaffee ist fertig." Der Mann kraulte mir noch einmal den Kopf und erhob sich dann. „Kaffee kann ich jetzt wirklich brauchen", sagte er und hatte damit bei Frau Löffler schon gewonnen.
Es gab also Kaffee, belegte Brote und Kuchen, und das Haus war voller Stimmen und Lachen, fast wie früher, als Pfarrer Hausmann noch lebte.
Später kam Max herüber, wurde ebenfalls herzlich begrüßt und beschnupperte unseren Gast. „Sei bloß vorsichtig, Gina", warnte er mich. „Der Typ ist gefährlich."
„Ach was", lachte ich. „Er ist nicht gefährlich, im Gegenteil, er ist ein ganz Netter."
„Glaub mir, er ist Tierarzt. Ich kenne mich aus. So riechen Tierärzte. Komm ihm lieber nicht zu nahe!"
„Max, du bist und bleibst ein Angsthase", erklärte ich und fühlte mich sehr überlegen.
„Wenn du meine Erfahrungen gemacht hättest, wüsstest du, warum ich lieber vorsichtig bin", rechtfertigte er sich. „Ich mache mich lieber wieder nach Hause!"
Es stimmte, Konrad Winter war Tierarzt, so viel hatte ich bereits mitbekommen. Während er Kekse mampfend auf dem Sofa saß, und Frau Löfflers Backkünste in den höchsten Tönen lobte, rief er nach mir! Ich konnte mein Glück kaum fassen. „Gina? Wo bist du denn, meine Hübsche?"
Ich ließ ihn nicht zwei Mal rufen. Vorsichtig und mit großem Bogen um unseren Pfarrer herum, schnurrte ich auf ihn zu. Er lachte und kraulte mir das Köpfchen.

„Mit Katzen hat mein Bruder so seine Schwierigkeiten, wissen Sie", erklärte er Frau Löffler, die wie ich nun interessiert zuhörte. Pfarrer Winter schien das sehr unangenehm zu sein. Er hatte die Stirn gerunzelt und spielte mit dem Kaffeelöffel, trotzdem sprach Konrad Winter unbeirrt weiter.

„Vielleicht plaudere ich da jetzt ein Geheimnis aus, aber mein Bruder hatte als Kind ein äußerst schmerzhaftes und unangenehmes Zusammentreffen mit einer Katzenmama. Er wollte die Jungen streicheln, sie wollte es nicht erlauben, also hat sie ihn gebissen. Ziemlich heftig sogar. Seitdem vermeidet er jeden Kontakt mit Katzen."

Pfarrer Winter lächelte gequält und rieb sich instinktiv die rechte Hand.

„Ja, da hat sie dich hineingebissen, aber ich sagte dir damals schon, das war reiner Reflex. Sie hat nur ihre Jungen beschützt, von deinen durchaus ehrenwerten Absichten konnte sie nichts ahnen. Also, trag es der süßen Gina nicht nach!"

Oh je, da hatte er aber wirklich üble Erfahrungen gemacht. Ich, versprach ich ihm an der Stelle, werde dich nie beißen, lieber Pfarrer, aber sei doch bitte ein bisschen netter zu mir, ja? Ich will dir doch nichts Böses!

Immerhin, Konrad Winter schien mein Geschnurre zu verstehen.

„Siehst du, Johannes, sie erzählt mir gerade, dass sie dich nie auch nur kratzen würde! Nur keine hektischen Bewe-

gungen und immer erst mal die Hand hinhalten, damit sie daran riechen können, so nähert man sich jedem Tier. Dann passiert auch nichts!"
Nun ja, so ganz stimmte das sicher nicht, denn ich hatte von beißen gesprochen, nicht von kratzen, und ob ich ihm nun wirklich empfehlen würde, einem sibirischen Tiger erst mal die Hand vors Mäulchen zu halten, weiß ich auch nicht, aber im Großen und Ganzen gab ich ihm Recht und widerstand der Versuchung, mit einem Satz auf dem Schoß des Pfarrers zu landen. Dafür, so fürchtete ich, war es noch zu früh.
Nach dem Kaffee holte Konrad Winter seinen Arztkoffer, dann gingen wir alle in den Keller, wo das Monster in seinem Karton lag. Behutsam nahm Dr. Winter den Waschbären aus seinem Karton. Der schien von dem Doktor genauso angetan zu sein wie ich, denn er wehrte sich kein bisschen, sondern ließ die Untersuchung in aller Ruhe über sich ergehen.
„Er ist gesund", sagte Dr. Winter dann und räumte seine Instrumente wieder ein. „Ich habe einen Platz für ihn in einem kleinen Privatzoo gefunden. Gute Haltung, ich kenne die Leute. Wie nennt ihr ihn denn?", wollte er wissen.
Frau Löffler und Pfarrer Winter sahen sich an. „Er hat keinen Namen", erklärte Pfarrer Winter.
„Keinen Namen, ist es denn die Möglichkeit? Dann nenne ich ihn eben Joschi, nach deinem ersten Teddybä-

ren!“, entschied Dr. Winter und fing sich einen bösen Blick vom Pfarrer ein. Frau Löffler verbiss sich ein Grinsen. Ich war zufrieden. Die Akte Monster, das jetzt Joschi hieß, war geschlossen. Er verließ uns, wunderbar. Ein monsterfreies Pfarrhaus und die Gewissheit, dass mein Pfarrer nichts gegen mich persönlich hatte – konnte ein Tag schöner enden?

GINA IM GLÜCK

Es war Aschermittwoch, die Messe war vorbei und die Gottesdienstbesucher machten sich gerade auf den Heimweg. Dank eines ausgeprägten Hochdruckgebiets aus Russland hielt die arktische Kälte an, was Frau Löffler veranlasste, den hübschen Kunstpelzkragen an ihr Twinset zu knöpfen.

„Die Winter werden immer kälter! Letztes Jahr schon diese extremen Minusgrade, und nun geht es auch schon eine Ewigkeit so! Und da faseln die dauern was von Erderwärmung! Hier erwärmt sich gar nichts!“, brummte sie vor sich hin, während sie sich die größte Mühe gab, vier Gläser und einen ganzen Packen Altpapier unter dem Arm gleichzeitig in den Keller zu bugsieren. Gut, sie hätte auch zweimal gehen können, dachte ich mir, als ich sie vorsichtig um die Kurven und die Treppen herunterwanken sah, aber das wäre ihr natürlich nie in den Sinn gekommen. Auch wenn sie sich mit dem Pfarrer nun geeinigt und die Notwendigkeit eingesehen hatte, dazu stand sie nun, auch wenn ihr die Tonnen nach wie vor ein Dorn im Auge waren.

„Ich bin schließlich kein Naturbanause!“, hatte sie Marga Beier erst neulich im Brustton tiefster Überzeugung erklärt. „Außerdem hat Gott uns diese Welt nicht zum

Kaputtmachen überlassen, da hat Pfarrer Winter absolut recht. Schlimm genug, dass noch so viele Menschen auf der Welt leiden müssen!“

Dass Pfarrer Winter diese Worte schmunzelnd hinter der angelehnten Tür mitgehört hatte, ahnte sie indes nicht. Und in dem Fall, so hatte ich spontan und vor allem aus dem Gefühl der Stimmungsverbesserung zwischen dem Pfarrer und mir heraus beschlossen, muckste ich mich kein bisschen. Nur zu schätzen wusste das unser Herr Pfarrer natürlich nicht.

Er ging mir nach wie vor aus dem Weg. Dabei hatte ich so sehr gehofft, dass die Offenheit von seinem Bruder Konrad auch irgendwie auf ihn abfärben würde. Der Doktor hatte es ihm doch erklärt! Aber er behandelte mich weiterhin wie Luft und machte einen großen Bogen um mich, als sei ich ein tollwütiges wildes Tier. In der vergangenen Nacht hatte ich sogar schon ernsthaft darüber nachgedacht, mich beim nächsten Besuch von Dr. Winter einfach in seinem Jeep zu verstecken. Ob er mich dann mit nach Hause nehmen würde? Jeden Tag ausgiebige Streicheleinheiten, mir krabbelte schon allein bei dem Gedanken daran voller Vorfreude das Fell. Andererseits, und das gab den Ausschlag für mein Bleiben, war Max hier in Ringelreuth. Und Frau Löffler. Beide brauchten mich, also konnte ich nicht egoistisch nur an mich denken. Auch wenn mir die gemeine Ignoranz unseres Pfarrers schon ganz schön aufs Gemüt schlug.

Nachdem Flucht und Kapitulation ausgeschlossen waren, widmete ich mich an diesem späten Vormittag meinen normalen Tätigkeiten. Pfarrer Winter war zu ein paar Hausbesuchen unterwegs, als er zurückkam, verschwand er gleich wieder in der Kirche, um mit Küster Wollersheim die beiden anstehenden Beerdigungen durchzusprechen. Traurige Pflichten. Die Angehörigen zu beruhigen und tröstende Worte für Menschen zu finden, die er ja noch kaum kannte, war wirklich keine leichte Aufgabe. Dass er sich ihr gut stellte, davon war ich überzeugt. Mit seiner zwar gewöhnungsbedürftigen, aber durchaus liebevoll-menschlichen Art, die von seiner typischen Zurückhaltung geprägt war, verschaffte er sich zunehmend Anerkennung und Respekt. Zumindest bei denjenigen, die in solchen – offenkundig traurigen – Angelegenheiten seine nähere Bekanntschaft machten. Andere, wie die Geißlers oder auch der Rabenstein, ja selbst Wollersheim, waren da deutlich zurückhaltender. Sie waren eben noch unseren Pfarrer Hausmann gewohnt, der so ganz anders war.
Ich tigerte zu Frau Löffler in die Küche, die mittlerweile wieder dahin zurückgefunden hatte, wenngleich ihr Gesichtsausdruck im kompletten Gegensatz zu ihrem fellkragenbesetzten lila Twinset stand. Gute Laune zeigte sich bei ihr normalerweise anders.
„Stinken tut es da unten, Gina, geh da bloß nicht runter!“, warnte sie mich, und ich verzichtete darauf, ihre

Behauptung zu überprüfen. Wenn ich eines, neben lauten Geräuschen, auf den Tod nicht ausstehen kann, so sind es üble Gerüche. Zum Glück ging es Frau Löffler ähnlich und sie sinnierte sofort darüber nach, wie sie die Luft im Keller verbessern konnte.
„Wenn ich Schüsseln mit Duftöl aufstelle und Lavendelsäckchen aufhänge, dann müsste es gehen", überlegte sie laut. Noch vor ein paar Wochen hätte sie auf dieses fiese, süßliche Raumspray gesetzt, Dank Ökowelle im Pfarrhaus bleibt mir diese Tortur nun erspart. Nicht jede Neuerung, die unser Pfarrer Winter einführte, war also zu meinem Nachteil.

Ich beschloss, meine Runde durchs Dorf zu machen, trotz Russlandhochs und Minusgraden. Etwas Bewegung braucht selbst eine geschmeidige Pfarrhauskatze wie ich. Hugo Bottling, unser Organist, verließ gerade die Kirche. Wie immer war er in Eile. Er wurde sicher schon in der Nachbargemeinde erwartet. Er hatte sich den Hut tief in die Stirn gezogen und trug seine zerknautschte alte Aktentasche unter dem Arm, in der er seine Notenblätter zu transportieren pflegte. Ich sah Stefan Geißler aus dem Seiteneingang des Wirtshauses stolpern. Er verharrte eine Weile an der Ecke und sah sich suchend um. Neugierig streckte ich mich so weit wie möglich vor, um meinen Blickwinkel zu vergrößern. Und richtig, ich hatte es ja fast vermutet, aus Richtung Dorfmitte schlenderte wie zufällig Lissy Sternbach heran. Als sie Stefan Geißler erblickte, gab sie ihm mit der Hand ein Zeichen und beide setzten sich auffällig zeitgleich Richtung Kirchenportal in Bewegung. Dort redeten sie heftig aufeinander ein. Natürlich entging meinem brillanten Gehör kein einziges Wort.

„Also, warum wolltest du mich unbedingt gleich jetzt sprechen?“, zickte Lissy sofort los. „Was in aller Welt kann so wichtig sein, dass du mir einen Zettel zustecken musst, auf dem du mich hierher beorderst?“

Au wei, dachte ich. Was ist denn da passiert? Einen so scharfen Tonfall hatte sie ja noch nie angeschlagen!

„Ach was? Wer von uns hat denn keine Zeit mehr?“, reagierte Stefan mit vor unterdrückter Wut bebender Stimme. „Wenn ich dich treffen oder auch nur am Telefon sprechen will, hast du ständig was anderes vor, mal die Theatergruppe in der Schule, dann die Hausaufgabenhilfe und so weiter, wir kommen kaum noch auf einen gemeinsamen Nenner! Oder du musst halt zeitig zu Hause sein, damit deine Eltern nichts merken! Aber für Frank hast du offenbar jede Menge Zeit!“

Lissy rollte theatralisch mit den Augen. „An deiner Stelle würde ich noch lauter schreien, Stefan!“, zischte sie. „Damit gleich das ganze Dorf hört, was für ein eifersüchtiger Spinner du bist!“

Frank Weidner war ein Mitschüler der beiden und offensichtlich hinter Lissy her. Sieh an, wer hätte das gedacht?

Wenn ich mir's recht überlegte, ja, der Stefan war ganz schön eifersüchtig, auch wenn er gerade dabei war, dies mit aller Vehemenz zu bestreiten. Doch weibliche Wesen aller Art haben dafür einen besonderen Sinn, ich verstand gut, dass Lissy genervt war. Aber sollte sie sich nicht auch wenigstens ein bisschen geschmeichelt fühlen? Sie stritten sich noch eine Weile, ohne dass mir so richtig klar wurde, worüber eigentlich. Er war eifersüchtig, so viel hatte ich verstanden. Warum Lissy sich aber so aufführte, verstand ich nicht ganz. Teenager eben, würde meine Frau Löffler sagen, die versteht niemand. Deshalb gab ich es auch auf und verkroch mich, nachdem beide in verschiedene Richtungen eindeutig wutentbrannt weggestapft waren, ins Pfarrhaus. Ein kleiner Snack wäre jetzt nicht schlecht, zum Glück hatte Frau Löffler mein Schälchen schon aufgefüllt und sogar Milch bereitgestellt, ich ließ es mir also schmecken und versuchte den Streit meines Lieblingsliebespaars aus dem Kopf zu bekommen. Während ich noch darüber nachdachte, klingelte im Flur das Telefon.

Frau Löffler nahm ab und ging dann hinauf in Pfarrer Winters Arbeitszimmer, in dem der Pfarrer mit dem Wollersheim inzwischen über dem Gemeindehaushalt brütete. Die finanzielle Lage der Gemeinde war, so viel ich mitbekommen hatte, zwar nicht wirklich prekär, aber doch angespannt. Und unser Pfarrer hatte ein paar Ideen in Sachen Jugendarbeit und Seniorenbetreuung, die Geld kosteten. Außerdem war da ja noch die Erzieherin im Kindergarten, die Pfarrer Winter unbedingt halten wollte, auch das gab es nicht umsonst. Und Mittel dafür mussten auch irgendwo locker gemacht werden, wie Wollersheim vorhin Frau Löffler im Flur erklärte, bevor er sich in die Höhle des Löwen wagte.

Ich bezog meinen Lauschposten am Treppenabsatz und putzte mir betont gelangweilt das Brustfell.

„Frau Beier hat gerade angerufen", sagte Frau Löffler. „Ihr Mann ist gut in der Klinik angekommen. Sie wollte sich auch noch einmal ganz herzlich für die Hilfe bei Ihnen bedanken, Herr Pfarrer."

„Hat sie schon mit ihrem Mann gesprochen?", erkundigte er sich.

„Nein", antwortete Frau Löffler. „Der Arzt hat ihr erklärt, dass es in den ersten Wochen am besten ist, wenn die Patienten keinen Kontakt zu ihren Angehörigen haben. Später werden diese dann aber in die Therapie einbezogen."

„Hm, gut, ich werde sie nachher mal aufsuchen. Ich schätze, sie hat keine leichte Zeit hinter und auch vor sich. Ein wenig Beistand kann da helfen! Außerdem hätte ich da sowieso noch was mit ihr zu besprechen", sagte er. „Wegen der Jahreshauptversammlung der Katholischen Frauengemeinschaft." Er kratzte sich am Kopf. „Ich werde später bei ihr vorbeischauen", sagte er dann.

„Gut, Herr Pfarrer. Sagen Sie mir Bescheid, wann Sie los-

wollen, dann fahre ich Sie hin", sagte Frau Löffler und wandte sich zum Gehen.
„Ach nein, das ist nicht nötig, Frau Löffler", erwiderte er. „Ich fahre mit dem Rad. Ein bisschen Bewegung wird mir gut tun, nach all dem Zahlenkram."
„Aber, Herr Pfarrer, das sind an die zehn Kilometer bis raus zu den Beiers, und das bei dieser Kälte!", gab Frau Löffler zu bedenken.
Der Pfarrer lächelte sie an. „Es gibt kein schlechtes Wetter, Frau Löffler", sagte er. „Nur unpassende Kleidung. Und ich gedenke, mich entsprechend anzuziehen."

Nach dem Mittagessen, Wollersheim war gerade gegangen, zog Pfarrer Winter sich warm an, spannte die Fahrradklammern um die Hosenbeine und machte sich auf den Weg zum Schuppen, um das Oldtimer-Fahrrad zu holen, das er von den Geißlers bekommen hatte und jetzt ständig benutzte. Auch wenn es wackelig aussah, verkehrstüchtig schien es zu sein, zumindest nutzte unser Pfarrer es leidenschaftlich gerne. Er schwang sich auf den Sattel und eierte los. Ich war fassungslos. Es waren minus sieben Grad und wir hatten eine geschlossene Schneedecke, unter der sich teilweise massives Eis befand. Während ich ihm so hinterhersah, hatte ich ein höchst merkwürdiges Gefühl. Und plötzlich erinnerte ich mich wieder an jenen verhängnisvollen Nachmittag, an dem Pfarrer Hausmann gestorben war. Auch er war damals zu den Beiers unterwegs gewesen. Zum Glück wurde ich durch Schritte abgelenkt, als jemand stapfend das Wirtshaus verließ. Es war Stefan Geißler. Auf dem Weg in den Ort, besser gesagt, auf dem Weg zur geheimen Ortsumgehung, die alle Jungs seines Alters nahmen, wenn keiner merken sollte, wohin sie unterwegs waren. Stefan Geißler jedenfalls nahm diesen Weg häufig. Und immer dann, wenn er sich mit Lissy traf. Ob sie sich nach dem Streit von vorhin wieder versöhnen wollten? Ich zögerte einen Moment, die Ablenkung, so überlegte ich, würde mir sicher gut tun. Also tigerte ich langsam hinter ihm her. Zu langsam, denn Stefans Abstand vergrößerte sich stetig. Meine Güte, hatte der es aber eilig! Ich versuchte, mit seinem Tempo Schritt zu halten, doch vergeblich. An einer verschneiten Lichtung hatte ich ihn aus den Augen verloren. Den Weg, den er hätte einschlagen müssen, wäre er auf dem Weg zu Lissy gewesen, hatte er nicht genommen, den konnte ich nämlich einsehen, die anderen beiden nicht. Und da ich nun keine Vorstellung mehr davon hatte, wohin er unterwegs war und ich bei der Kälte auch nicht sinnlos in der Gegend herumirren wollte, drehte ich ab. Nicht jedoch, ohne noch einen intensiven Blick auf die drei Wege zu werfen. Waren das nicht Reifenspuren dort drüben? Plötzlich war mein ungutes Bauchgefühl wieder da. Unser Pfarrer würde doch nicht etwa bei diesen Straßenverhältnissen die Abkürzung zu den Beiers über den Waldpfad genommen haben? Dann

hätte er nämlich den mittleren Weg nehmen müssen. Fast schon automatisch setzten sich meine Pfoten in Bewegung und richtig, da waren unübersehbar Fahrradspuren auf dem Weg!
Ich folgte ihnen, so schnell ich konnte. Hinter einer Biegung, fast exakt auf halber Höhe zwischen unserem Pfarrhaus und dem Anwesen der Beiers, fand ich unseren Pfarrer. Er lag neben seinem Fahrrad im Schnee und hatte sich ganz offensichtlich böse wehgetan. Zum Glück trug er grundsätzlich einen Fahrradhelm, so dass er hoffentlich von schweren Kopfverletzungen verschont geblieben war. Ich sputete mich und als ich bei ihm ankam, hob er leicht seinen Kopf. Dem Himmel sei Dank, er war bei Bewusstsein! Er schien nur mein Maunzen wahrzunehmen, denn mit meinem weißen Fell war ich im Schnee praktisch unsichtbar. Mein Pfarrer brauchte meinen Beistand, das erfasste ich sofort.
„Gina?“, murmelte Pfarrer Winter. „Bist du das?“
„Ja, natürlich!“, mauzte ich zurück, doch das verstand er ja leider nicht. Aber er hatte mich angesprochen! Zum allerersten Mal hatte er mich mit meinem Namen angesprochen und nicht bloß ‚Katze' zu mir gesagt! Wenn die Situation nicht so beängstigend gewesen wäre, ich hätte vor Freude losgeheult.
„Wie kommst du denn hierher?“, sprach er weiter. Offenbar war er nun, als er so hilflos am Boden lag und Schmerzen hatte, sogar an einer längeren Konversation

mit mir interessiert. Leider drängte die Zeit. Seine Lippen waren schon blau angelaufen. Die Kälte, der er unweigerlich ausgesetzt war, während er so am Boden lag, war kreuzgefährlich.

„Ich hole Hilfe!“, versprach ich und sah mich um. Das Fahrrad musste über den verschneiten Ast in der Mitte des Weges gefahren und abgerutscht sein. Und dann war er so unglücklich gestürzt, dass er nicht mehr allein hochkam – grauenhaft!

Ich sauste, so schnell ich konnte, zurück ins Dorf, direkt ins Wirtshaus. Schon im Laufen hatte ich mir einen Plan zurechtgelegt. Frau Löffler zu alarmieren, war zwecklos, ehe sie begriff, was ich ihr sagen wollte, war unser armer Pfarrer vielleicht schon längst erfroren. Und leider war Dr. Winter ja nicht mehr da, der hätte mich sicher verstanden. Nun musste es auch so gehen.

„Max!“, keuchte ich, als ich das die Stufen zum Hintereingang der Geißlers hinaufstürmte. „Max? Komm schon, wo bist du?“

„Hier!“, hörte ich es aus dem Flur schmatzen. „Ich nehme gerade einen kleinen Snack zu mir. Willst du auch was?“

„Nein, Max, komm schon, Pfarrer Winter ist verunglückt, mit dem Fahrrad, im Wald! Er kann nicht mehr allein aufstehen und braucht unsere Hilfe, los, nun mach schon!“

Es dauerte eine gefühlte Ewigkeit, bis Max begriff.

„Pfarrer Winter liegt im Wald und ist verletzt?“, wiederholte er schließlich. „Aber es ist kalt draußen, er erfriert doch!“
Oh dieser Bernhardiner! Wie begriffsstutzig können Hunde nur sein?
„Schön, dass du es auch schon erfasst hast, Max! Los, bell jetzt, aber laut! Richtig laut! Alle müssen dich hören! Die Geißlers und Frau Löffler und je mehr, desto besser! Dann ziehen wir uns langsam Richtung Unfallstelle zurück und locken sie so dorthin, verstanden? Das hat doch schon mal geklappt!“, machte ich ihm Mut.
Max' bedeppertem Gesichtsausdruck nach zu urteilen, stand er kurz davor, angesichts dieses Unfalls in Tränen auszubrechen.
„Oh je, das ist ja grauenhaft!“, brummte er mit belegter Stimme. „Der arme Pfarrer Winter! Wo er doch so ein Lieber ist!“
„Max!“, schimpfte ich. „Nun mach schon! Jede Minute zählt! Jammern und ihn bedauern kannst du hinterher immer noch! Aber erst müssen wir mal dafür sorgen, dass er gefunden und versorgt wird, und zwar bevor er erfroren ist!“
Max nickte. Dann schnappte er nach Luft und bellte los. Laut und eindringlich, ein eindeutiges Alarmsignal in meinen Ohren. Leider nicht in denen von Stefan, der plötzlich neben uns auftauchte und Max streichelte. Seinen verschneiten Hosenbeinen nach zu urteilen, war er

durch den tiefen Schnee gewatet, kein Wunder, dass er mir entwischt war. In derartige Gefilde begab ich mich nicht. Aber nun war er wieder da und reagierte auf unseren Alarm.

„Hey, mein Alter, was ist denn?", fragte er, während er Max streichelte. Doch was machte Max, der alte Trottel nun? Hörte auf zu bellen und ließ sich von Stefan kraulen.

„Verdammt, Max, nun belle gefälligst! Denk an den Pfarrer!"

Max riss sich zusammen und setzte wieder an. Nun half auch das Streicheln von Stefan nichts mehr, Max bellte und bellte, während ich ihm fleißig zuredete, mir zu folgen. Dann kamen Frau Geißler und Herr Geißler, redeten abwechselnd aufeinander, auf Stefan und auf Max ein, während wir schon draußen vor dem Pfarrhaus waren. Nun schnappte Max erneut Luft und fing an zu jaulen, was fast noch schlimmer war als sein Bellen, viel durchdringender und höher, ein grässliches Geräusch. Das alarmierte auch Frau Löffler, die sich den ratlosen Geißlers anschloss. So lockten wir sie Meter für Meter auf den Umgehungsweg. Dort angekommen, schloss sich uns Lissy an, die zufällig gerade dort war, und wenig später holten uns noch Küster Wollersheim und Ernst Heimerich ein, die gemeinsam vom Bürgermeister kamen.

„Was ist denn hier los?", wollte Wollersheim von Frau Löffler wissen, doch die schüttelte nur den Kopf.

„Der Max muss was gefunden haben, hier draußen, er macht einen solchen Lärm, unglaublich. Wir sind ihm gefolgt, um nachzusehen.“
Wollersheim und auch Heimerich gaben sich mit der Erklärung zufrieden.
„Los, Max, jetzt schneller!“, feuerte ich meinen Freund an und sprang schon mal voraus. Bereits von weitem erkannte ich das umgefallene Fahrrad und hoffte, dass mein Pfarrer die Wartezeit ohne weitere Blessuren überstanden hatte.
„Hilfe naht!“, versicherte ich ihm atemlos, als ich bei ihm angekommen war. Dann ging plötzlich alles sehr schnell. Max kam jaulend herangeprescht, Frau Löffler stieß einen Entsetzensschrei aus, und die Menschentraube, die sich bislang eher gemütlich durch den Schnee geschoben hatte, kam in Wallung.
„Der Pfarrer!“, schrie Frau Löffler auf und hetzte voran, hatte aber – wie die anderen auch – ganz schön gegen den Schnee anzukämpfen. Und gegen Max hatte sie ohnehin keine Chance. Mit einem letzten Aufjaulen stürzte er zum Pfarrer, der, sichtlich erleichtert über unser Auftauchen, sogar versuchte zu lächeln. Mit seiner fast eisstarren Hand strich er mir liebevoll übers Köpfchen. Er hatte sich überwunden! Ich hätte vor Freude lostanzen können, beherrschte mich aber angesichts der tragischen Umstände.
Während ich mich meinen freudigen Gefühlen wenigstens ansatzweise hingab, begab sich Michael Wollersheim

im Laufschritt zurück ins Dorf, um Krankenwagen und Verstärkung zu holen. Als eingefleischter Jogger war er gut trainiert und würde nicht lang brauchen, so die allgemeine Überlegung.
„Wir müssen ihn warm halten!“, übernahm Frau Löffler das Kommando. Schnell stellte sie fest, dass unser Pfarrer sein rechtes Bein nicht mehr bewegen konnte. Auch das andere hatte etwas abbekommen, was seinen hilflosen Zustand erklärte.
„Vermutlich gebrochen!“, stellte sie sachlich fest. „Herr Geißler und Herr Diakon, ihre Jacken bitte!“, verlangte sie dann. Sichtlich widerstrebend, sich aber der Vernunft beugend, taten die beiden, was Frau Löffler verlangte.
„Und du, Gina, du hältst ihm die Füße warm!“, wurde auch ich zu Hilfsdiensten abkommandiert.
„Komm her, Gina!“, rief aber plötzlich Pfarrer Winter. „Komm hier her!“
Unsicher, ob ich nun auf Frau Löffler oder meinen Pfarrer hören sollte, stockte ich einen Moment, entschied mich dann aber für letzteren. Ich hatte viel zu lange darauf warten müssen, dass er mich überhaupt wahrnahm, nun wollte ich ihm auch an richtiger Stelle zeigen, dass auf mich Verlass ist.
Während ich mich also am Kopf meines Pfarrers, der nun auf der lila Mohair-Twinset-Jacke von Frau Löffler weich und frostsicher ruhte, niederließ, hörte ich bereits Stefan Geißler seinen Max als Held feiern.

„Wenn du nicht gewesen wärst, dann wäre unser Pfarrer erfroren, mein Großer!“ Fritz Geißler und seine Frau stimmten in diese Lobhudelei genauso ein wie unser Diakon. Selbst Frau Löffler, normalerweise die Gerechtigkeit in Person, wandte sich nun von Pfarrer Winter und mir ab und Max zu.

„Na, ein großes Leckerli hast du dir verdient, gut gemacht!“, lobte sie ihn, während sich Max im Glanz der Aufmerksamkeit sonnte. Dass ihn diese zu Unrecht traf, übersah er großzügig, aber ich wollte ja nicht kleinlich sein, denn plötzlich bewegte sich eine eiskalte Hand auf meinem Kopf sanft hin und her.

„Lass sie, Gina, wir beide wissen doch, wer mich wirklich gerettet hat! Ohne dich wäre ich erfroren!“

Er schenkte mir ein warmes Lächeln, und während im Hintergrund weiter alle Max als den neuen Helden umjubelten, schmiegte ich mich enger an Pfarrer Winter.

„Du bist ja richtig kuschelig!“, wunderte er sich und ich rückte noch ein Stückchen näher. Er begann erneut, mich zu kraulen.

„Wenn ich wüsste, dass du mich auch wirklich nicht beißt, dann wäre ich auch nicht so zurückhaltend, aber das verstehst du wahrscheinlich nicht.“

Und ob ich verstand! Mauzend erklärte ich ihm, dass ich ihn selbstverständlich nicht beißen würde, schließlich hatte ich keine Babys zu beschützen!

„Wenn du willst, kannst du dich auf deinem Lieblingsses-

sel im Arbeitszimmer wieder einnisten!“, machte er sogar noch ein weiters Zugeständnis. Dann kam der Krankenwagen und ich sah mit großer Besorgnis, aber auch einer gewissen Erleichterung zu, wie sie meinen Pfarrer Winter ins Krankenhaus schafften. Frau Löffler fuhr mit und ich hatte die Ehre mit Max, dem neuen Helden von Ringelreuth, zurückzulaufen.
„Er mag dich, eindeutig, Gina!“, hechelte Max zwischen den ganzen Streicheleinheiten, mit denen er auch jetzt noch von allen Seiten bedacht wurde. „Sonst hätte er nicht zugelassen, dass du so dicht bei ihm sitzt. Glaub mir, er mag dich! Ich habe es genau gesehen!“
Die Geißlers hatten zu einer spontanen Pfarrer-Winter-Rettungsfeier geladen, natürlich standesgemäß im Pfarrhaus. Da Frau Löffler noch nicht da war, tafelte Frau Geißler auf, was die Wirtshausküche hergab. Während Max sich auch noch den ganzen Abend über als Held feiern ließ, belauerte ich das Telefon, an welchem Frau Löffler später alle erdenklichen Leute über den Gesundheitszustand unseres Pfarrers auf dem Laufenden hielt.
„Nein, nein, es ist nicht nötig, dass Sie vorbeikommen!“, beruhigte sie gerade den Bürgermeister, als draußen ein Jeep vorfuhr. Dr. Winter sprang aus dem Wagen und während er auf die Tür zustürmte, fiel mir wieder ein, dass es noch gar nicht so lange her war, dass ich das Pfarrhaus verlassen und zu ihm ziehen wollte. Doch das war lange her, eine gefühlte Katzenewigkeit. Denn nun wusste ich

ganz sicher, wo ich hingehörte. Und zwar zu meinem Pfarrer Winter, hierher ins Pfarrhaus von Ringelreuth.